最果ての
聖女の
クロニクル
冬茜トム　イラスト　がわこ

「女神を殺す――
きみの力を貸せ、聖女」

わたしを巡る時計の針は、
まだ動き始めたばかりだった。

すると賢者さまは、億劫そうに独りごちて——

「私の魔法陣は」

軽く、指を打ち鳴らした。

「三次元体だ」

刹那。アラドバル城の全域が、
魔法陣の内部へと呑み込まれた。

「展開――
時界流転陣《アリエヴナ》・
始まりの庭《アルヒガルテン》」

サラ・
ツァイトブローム
Sara Zeitblom
『防護』と『回復』の白魔法に特化した《月光》の聖女。清らかな心と、どんな逆境でもめげないひた向きさを持つ。ハルトからは雑に扱われる。
「女神を殺す——
きみの力を貸せ、聖女」
「さあ、
ゆきましょう賢者さま——
フォルトゥナ王国に
平和を取り戻すのです！」
ハルト・
レーヴァキューン
Hart Leverkuhn
古代フォルトゥナ神話にその名を残す《時》の大魔導師。魔法の実力は折り紙付きだが、偏屈もの。現代では失われた《時》の術式を操る。

「ご主人さま。うちでサラ様をかくまわれてはいかがでしょう？」
リーシャ
Lesa
屋敷でハルトに仕えるメイド。常に淑やかな物腰の、いかにもメイド然とした女性。
「サラってば、昔っからおてんばなんだから」
アニマ・コンクラーヴェ
Anima Conclave
庶民派のサラとは正反対に、貴族育ちのお嬢様。サラと共にシスターとして修行を積むも、二人が目指していた聖女の座はサラへ渡ることになる。

CONTENTS

Myths and an End Saint

最果ての聖女のクロニクル

冬茜トム

講談社ラノベ文庫

口絵・本文イラスト／がわこ
デザイン／たにごめかぶと（ムシカゴグラフィクス）
編集／庄司智《しょうじさとし》

「あなたは最初から、こうなるとわかっていたのですか」

最果ての聖女が問いかける。

男は静かに頷いた。

「放て。この世界は、きみのオーダーを待っている」


——繚乱《りょうらん》領域リュケイオン第7番・最終楽章より

ステンドグラスから光が射《さ》し込《こ》む。

七色に彩られたスポットライトは、わたしの門出を祝福するかのようだった。

「サラ・ツァイトブローム。女神メフィリムの御名に従い――そなたをフォルトゥナ王国第七十九代『聖女』に任命する」

「……拝命いたします」

大司教さまによって、わたしの頭上に聖冠が授けられた。

「おめでとう。サラ。親友として誇りに思うわ」

「うん。ありがとう――アニマ」

教会椅子《チャーチチェア》の一角から声がした。

同じ聖女を志していたライバルにして大親友、アニマだ。

「素敵よ、サラ。頑張ってきた甲斐《かい》もあったわね」

「はい……！　ここまで来られたのも姉さんのおかげです」

敬愛するシリカ姉さんからも寿《ことほ》がれる。

こんなにも多くの人に囲まれて、わたしは本当に幸せ者だ。

「――フォルトゥナ王国の皆さま！　わたしはここに誓います――王国の繁栄がため、末永く聖女として尽くさんことを！」

その時だった。大聖堂の上部に、白銀の魔力《マナ》がうねりだす。

──ドゴオオオオオオオォォォォォォン!!

「──え？」

燭台《しょくだい》がひしゃげた。祭壇が崩れた。

うねりから下った衝撃の鉄槌《てっつい》によって、何もかもがガラガラと瓦解《がかい》する。

「え──なんで……どうして……？　アニマっ──大司教さまっ──？　姉さん──⁉」

どすん。アニマが潰れた。

ぐしゃ。姉さんが真っ平らになった。

べちょ。大司教さまが赤い染みになった。

ズドン、ズドンと堕《お》ちる重圧によって、教会中がみるみるぺしゃんこになって潰れていく。

「い──嫌ああああぁぁぁぁぁぁあっっっ────!!!」

絶叫。天井を仰ぐ。すると、すぐに目の前は真っ白になって……

＊

「――――」

わたしはハッと面《おもて》を上げた。

周囲には祭壇もステンドグラスもなく、ましてや屋内ですらなかった。

「――どうした、聖女さんよ。呆《ほう》けたツラして」

「ッ……」

そこはだだっ広い荒野だった。

そして背後を振り返れば、茜色《あかねいろ》に染まった雲海がはるか彼方《かなた》まで広がっている。

わずかでも後じさりすれば真っ逆さまの断崖絶壁。

ここは、天空に浮かぶフォルトゥナ王国――その最果てだった。

(ああ……そうだ。これが……今のわたしの、現実)

口の中に血の味が広がる。

さっきのは、一瞬の気の迷いが見せた幻影――

「王立騎士団《おれたち》相手によくもここまで逃げおおせたもんだ。とっくに身投げでもしたかと思ったぜ」

「ええ……まさかここまで熱烈に追われるとは、思いませんでしたよ」

わたしの前には甲冑《かっちゅう》の一群があった。

部隊のリーダーらしき男が、剣先を突きつけながら歩み寄ってくる。

「聖女サラ・ツァイトブロームよ。〝聖女狩り〟の掟《おきて》に従い――その首、我々がもらい受けるぞ」

「ッ……御免こうむります。〝聖女狩り〟だなんておかしい、目を覚ましてください！」

「これはあの王子さま直々のご命令だ。目を覚ますのはそちらだろう？」

その時、地面が揺れた。烈震だ。

背後の断崖がさらに崩れていき、いよいよ一歩たりとも後退できなくなる。

「見たことか！　王国は今もぐらついている！　堕天の聖女――貴様のかけた呪いによってな！」

「違います――呪いをかけたのは、わたしではありません！」

「はっ。なら誰だって言うんだ？」

「王子さまご本人です！」

辺りは水を打ったように静まり返った。しばらくして、爆笑がこだまする。

「……くっ。はははは！　まさか、言うに事欠いて王子さまに罪をなすりつけるとはな！」

「世迷《よま》い言《ごと》も大概にしろ。王子さまが国を堕《お》とすなどあるものか」

口々にあざ笑う騎士団の人々。わかっていた。

わたしの味方なんて、この天空のどこにも、いない。

「ま、喜べ。聖女狩りもここでめでたく終わりだ。あんたの確保については――生死問わずと言付かってる。わかったら……諦めて祈りでも捧《ささ》げてなァッ！」

「！」

先頭に立った男の手元から『円』が展開される。

数多《あまた》の式によって編まれた朱色の紋様――《火》の魔法陣！

「火よ放て――炎芒線《マグナ・レイ》！」

魔法陣から熱線が放たれる。まともに受ければ丸焼けだ。けど――


「《光》よ守れ――上弦の結界《ルナ・アーク》」


こちらも応戦する。

魔法とは――秩序《オーダー》を書き換える命令《オーダー》のこと。

わたしは周囲の光へ対して〝硬質化せよ〟と詠唱で命じ、半球状の結界を展開させた。

「構うな！　奴《やつ》は崖っぷちだ！　氷よ――貫けェッ！」

「なんでもこいです――！」

水――風――土――氷――どんな属性の魔法であろうと、わたしの結界は防ぎきる。

しかし、問題もあった。

「守ってばかりでいいのか？　いや、お優しい聖女さんはそれしかできないんだったか！」

「――くっ……！」

図星だった。わたしの魔法陣に編み込まれているのは、どこまでいっても『防護』と

『回復』の術式だけ。

　よって、この防戦一方は半ば必然で……

「光よ──あっ……」

　やがて、結界が展開できなくなった。これは……

「マナが尽きたなァ」

　長い逃亡を経て、体内の魔力《マナ》がついに枯れきってしまっていた。

「終わりだ、聖女さんよ。よく粘ったほうだろ」

　──終わった。ついに身を守る術さえ失った。

　諦めて膝をついたその時……胸元から、ひと粒の風船キャラメルがこぼれ落ちた。

「ん……なんだァ？」

「ハハハッ──おいおい。そいつが最後の晩餐《ばんさん》か！」

　風船キャラメルは、よく姉さんと一緒に食べた思い出の味だった。

　このひと粒は……今日まで大事に残しておいたとっておき。

　もう平和が叶《かな》わぬのなら、せめてひとときの甘いご褒美くらい──

「バアカ。お子ちゃまのおやつに付き合っていられるほど、こっちも暇じゃないんだよ」

「あ──」

そんな……儚《はかな》い願いも叶わなかった。

最後の風船キャラメルは炎の矢に貫かれ、無惨に焼き焦がされる。

（あぁ……ごめんなさい……姉さん……アニマ――）

「ひひ。もっと立派なやつをぶち込んでやるよ」

無数の魔法陣が砲口よろしくわたしを向いた。とどめを刺される。

それでも、わたしは身投げだけはしなかった。

（祈ろう。ありがとうございます――今日まで生きてこられたのも、すべては女神さまのおかげです）

「ハッ。聖女らしい似合いの末路だ――あの世でもそうやって祈ってなァッ！」

目をつむり、両　掌《てのひら》を組んだ。

火球――風刃――岩弾――色とりどりの魔法が、わたしへと迫る――

（…………………え――あ……あれ――これ……は――？）

――だが。いつまで経《た》っても、最期の瞬間は訪れない。

火球が、水槍が……目の前で一様に静止していた。走馬灯でも始まるのだろうか。

そう思った、直後――

「──時よ、吹け」

黒い烈風が吹き抜けた。

それだけで、わたしを貫くはずだった魔法撃の全てが、朽ち果てる。

そして……

「──ふむ。いやに殺風景な土地だね」

彼はそこに立っていた。

つややかな銀髪と、純白のローブを黄昏《たそがれ》になびかせて。

「な──なんだ……？　貴様、何者だ──！　一体どこから降って湧いた……!?」

「何、たまたま妙な光景が見えたものでね。つい手を下してしまった」

わたしはまだ生きていた。騎士たちも揃《そろ》って愕然《がくぜん》とする。

果たして彼は何者なのか──

「あの、あなたは……？」

「いつまでアホ面を晒《さら》している、聖女。巻き込まれたくなければ結界《かべ》でも展開しておけ」

とても失礼なお人だった。

いきなりのアホ呼ばわりにムッとしつつも、ぐっと買い言葉を飲み込む。

「新手か──まあいい。邪魔する者も消せと命を受けている、容赦するなァッ！」

「巌《いわお》よ、撃て──‼」

《地》の魔法陣がきらめく――大砲のような岩の塊が、こちらへ撃ち出される！

「無駄だよ。それしきのままごとでは」

だが――彼は一切ひるむことなく佇《たたず》むのみ。

再び吹き抜けた黒い風が、またたく間に岩石を砂塵《さじん》へと変えた。

また、影響はそれだけに留《とど》まらない。

「⁉　な――んなァッ……⁉」

「な、なんだこいつは……よ、鎧《よろい》が――勝手に……！」

黒風を浴びた騎士たちの甲冑がぼろぼろに崩れていく。剣は錆《さ》び、兜《かぶと》は剝がれ、紋章の描かれたマントは見るも無残なボロ布へ……その現象は見るからに明白。

風化だ。

「鎧を着るならもう少しマシな素材を使うべきだな。黄金であれば形状くらいは保てただろう」

「っ、舐《な》めた口を……！　我ら王立騎士団を侮辱したこと、後悔させてやる！」

激昂《げきこう》して反撃する騎士たち――だが、無駄だった。

剣も。魔法も。彼を害そうとするものすべてが止まり、朽ちていく。

（風の魔法――？　ううん、少し違う――何――？）

「ぐ――なぜ、何も通じない……！　どんな小細工かわからぬが……聖女を見逃すわけにはいかない。アレを用意しろ！」

「ふうむ?」

「!」

あまりの劣勢に耐えかねた騎士団は魔砲を召喚した。その正体にわたしは驚愕する。

「ロ、ローブの方! いけません、あれは――王家に伝わる〝獄炎砲〟です!!」

「なんだそれは」

「千年前から燃え盛っているという業火の魔砲です! このままでは、わたしもろとも灰にされてしまいます……!」

彼ら――わたし一人を抹殺するのに、あんな代物まで用意していたなんて。

「っ――もうすぐ来ます! わたしに巻き込まれないよう、あちらへ逃げて――!」

「カカッ……もう遅《おせ》ぇ。首を持って帰れないのは残念だが、抹殺だけはさせてもらうぜ」

灼熱《しゃくねつ》の球体が彼らの頭上に生成されていく。あれが発射されれば全てが終わる。

わたしは、蓄えたなけなしの魔力で多重結界を張る――

「八式連装魔砲《獄炎》――発射《ファイア》ァ!!」

「獄炎ねぇ……まあ、いちいち逃げるというのも」

彼の魔法陣が黒く瞬《またた》いた。

カタ……とわずかに傾いたのは、天文時計めいた紋様の、その長針――

「時間の無駄だ」

パチンと指を鳴らした。それだけですべてが終わっていた。

「────は…………？」

わたしも彼らも呆然《ぼうぜん》と立ち尽くす。

千年も燃え盛っていたという業火が、わずか一秒で燃え尽きてしまった。

そして……

「時よ刻め──黒の刃《クロノローグ》」

「ぬ──づおおぉっ⁉」

「っ──ぐわあぁぁあっ⁉」

漆黒の斬撃──その乱舞が、立て続けに彼らを切り刻んだ。

しかし騎士たちは一滴たりとも血を流さなかった。なぜならそれらの負傷は、例外なく古傷であったからだ。

そう、まるで──怪我《けが》を負って悠久の時を経たかのような。

（これ……もしかして……）

静止、風化、老朽、古傷──それらに説明をつける事象はひとつしかない。

神話の時代に失われた、八つ目の属性──

「《時》の……魔法、だと……⁉」

「なんだ……何者なのだ、貴様。名を名乗れ――！」

「いいだろう！　とうに失って久しい号だが、いにしえぶりに名乗ってやろう」

純白のローブがはためく。夕陽《ゆうひ》を浴びて、彼は告げた。

「ハルト・レーヴァキューン――時代《ときよ》に残された、流れ者だ」

（レーヴァキューン――って、まさか……）

いつか神話で読んだ、その名前。

時の魔法――失われた属性――そして彼の正体とが、点と点を繋《つな》ぐように結びつく。

「聖女は未《いま》だ健在――どうしますか⁉」

「ぐ……くそ……退《ひ》け――撤退だ！　王宮に報告しろ――正体不明の戦力ありと！」

ダッダッと去っていく騎士たち――その場にはわたし達《たち》だけが残される。

わたしは気づけば、片膝をついて彼に傅《かしず》いていた。

「《月光》の聖女――サラ・ツァイトブロームと申します。賢者レーヴァキューン様、あなたにお願いがあります」

「……ふむ。願い？」

「はい。フォルトゥナは今、墜落《ついらく》の危機に瀕《ひん》しています。どうかあなた様のお力で――この国をお救いいただけないでしょうか？」

ハルト・レーヴァキューン。

　それは神話の時代――女神メフィリム様に仕えたという十賢者の一人。

《時》を司《つかさど》った大魔導師だ。

「わたしは……最期の一瞬まで、この聖冠に祈りを捧げておりました。この出会いもまた、女神さまによる運命のお導きと考えます」

「フ……なるほどな。これも必然だと」

「ええ――お願いします」

　わたしはただちに冠を外して捧げ持った。この聖冠は、かつて女神さまが身につけていらしたという、受け継がれし聖女の証《あかし》。

　これの価値は彼にも一目瞭然だろう。二千年という時を隔てても、わたし達が同志だという何よりの証明になる。

　だからきっと、彼ならばこの国を救ってくれると思えた。

　しかし……

「度し難い」

「え？」

「なぜあの女の装着品が当世まで残っている。ネズミ臭いぞ、反吐《へど》が出る」

「へ――あ、あぁっ⁉」

　パキィ。冠に亀裂が走った。壮麗だった聖なる冠が、彼の手に渡るやいなや、あれよあれよと老朽化して錆《さび》まみれになる。

「なっ……なんてことを！　女神さまへの冒瀆《ぼうとく》ですよ⁉　というか少々お待ちください、ええと、わたしは王国を救うため賢者であるあなたのお力をお借りしたく」

「断る」

突っぱねられた。次いで、どこからともなく地鳴りが聞こえてくる。

その現象はこれまでと真逆だった。荒れ果てていた大地に潤沢な水気が宿り、枯れきっていた一帯の森林がみるみる緑を取り戻していく。

――ゴゴゴゴゴゴゴゴゴ…………！！！

「運命の導きなどと笑わせるな。救ってやったのだから、今度はこちらの役に立て」

「……な、え、あ、ちょ……ゆ、揺れっ⁉」

足場が盛り上がる。踏ん張ろうにも断崖ごと雲海に崩れ去っていく。

そして……

「あ――うわあぁぁあぁぁあぁっ⁉」

地面が竜になった。いや違う。荒野のさらに下、地中深くに竜骨の化石が埋まっていたのだ。それが今、数千年という《時》の逆流を経て復元されて――

「来い」

竜が大空へ飛ぶ。必死に純銀の鱗《うろこ》へしがみつくと、夕焼けを浴びる彼と目が合った。

「女神を殺す——きみの力を貸せ、聖女」

わたしを巡る時計の針は、まだ動き始めたばかりだった。

第一章　宝珠メルスフィアと王家の呪い

天空王国フォルトゥナは大空に浮かぶ国である。国土の中心には《アビス》と呼ばれる大穴がぽっかりと空いた、ドーナツ状の天の孤島だ。

なぜ王国は空に浮いているのか。その成り立ちには、こんな神話があった。

二千年前――地上では魔法戦争が激化していた。
その時、救世主として現れた女神メフィリム様は聖剣で大地を斬って、それを争いのない天空へと浮かべられたという。
その陸地こそが――ここフォルトゥナ王国。
誰しも子どもの頃から教わる〝国斬り〟の奇蹟《きせき》だった。

それから二千年が経《た》ったある日。

わたし――ことサラ・ツァイトブロームは、そんな女神さまの冠を授かって〝聖女〟の座についた。

聖女とはフォルトゥナ王国第一の守り手のことだ。わたしは修道院で長年の研鑽《けんさん》を積んで、ようやく夢を叶《かな》えることができた。

「聖女さま！　東の岬に飛龍が襲来しております、ぜひ結界を！」

「聖女さま！　うちの女房が魔獣に呪われちまったんだ。助けてくれ！」

わたしは白魔法を使って人々を癒やし続けた。

そんな毎日を過ごしているうち、気付けば二ヵ月足らずの時が経っていた。

「あの怪我《けが》がこんなにあっさり治ってしまうなんて……聖女さまってすごいのねえ」

「ああ。よく見たら、お顔まで女神さまに似てるしなぁ」

わたしは新米ながらも王都の人々から慕われるようになった。

隣人を想《おも》え――女神さまの教えを果たせて嬉《うれ》しく思った。あらゆる魔力《マナ》を『防護』と『回復』のみに変換するわたしの魔法陣は、王国の守り手たる聖女にはぴったりだった。


しかし、今。

そんな大切な存在のはずのわたしは……〝堕天の聖女〟として人々から追われている。

聖女狩り――あのお触れが発令されたことによって。


ことの発端はフォルトゥナ王国を蝕《むしば》む「墜落《ついらく》危機」だった。

それは、近年になって、浮遊した国土が徐々に揺らぎつつあるという問題のこと。

地盤そのものがぐらついている――そんな兆候が多く見られるようになっていた。

しばしば起きる烈震やガケ崩れがその例で、外縁部はすでにボロボロと欠け始めている。

また《神罰《オルテマ》》という謎の天災が、国の落下を願うかのように各地を襲っていた。

二千年間続いてきたフォルトゥナの浮遊と平和が……初めて脅かされていたのだ。

歴代の聖女さま達《たち》もこの問題を解決できなかった。どころか、自責の念に駆られて自死してしまった方もいたとか。

それでもわたしは懸命に調査を続け……ついにその原因を突き止めた。

その原因とは――宝珠メルスフィア。

王国の心臓《コア》が、呪われているという事実だった。

宝珠メルスフィアは女神さまがこの世に残したという三大遺宝のひとつ。

《天空》の魔力を司《つかさど》る秘石で、王国を浮かべる原動力として知られている。

そんな宝珠は王都の大神殿に祀《まつ》られ、歴代の聖女がその管理にあたるという習わしがあった。

わたしが異変に気づいたのも、夜更け――大神殿の清掃をしていた時だ。

（強烈な闇の瘴気《しょうき》……！　これは――高度な幻想魔法でカモフラージュされていますが、紛れもない呪い……！）

本来の宝珠はめらめらと焔《ほむら》のようにきらめくものだ。

しかし、今。その輝きはすっかり色あせ、痛ましいひび割れが随所に走っていた。

わたしはすぐにピンときた。

王国を脅かしている「墜落危機」も、この宝珠の異変が原因に違いないと。

「《光》よ照らせ――白月の箒《ブラン・ブルーム》」

わたしは漂白の術式によって闇の瘴気を祓《はら》った。

だが、露《あら》わになったのはさらに予想外の事態だった。

「え……？　こ、これって――っ……⁉」

宝珠に刻印された八芒星《はちぼうせい》の模様。

それは――フォルトゥナ王国に住む者なら誰もが知る、王家の紋章だった。

そこへ……。

「やあ――精が出るねえ、聖女どの。大神殿への立ち入りは、日が昇ってからと決まっているはずだが？」

正面口の大扉から彼は現れた。

ガスパール・ザムザ第一王子――現王家ザムザ家の嫡男《ちゃくなん》にして、今や病床に伏せった王様に代わり政務を執る権力者だった。

「ガスパール王子……さま……」

「いかにも。どうやら随分と余計なことに首を突っ込んでいるようだね、聖女どの」

──ああ、とわたしは察した。

王家の紋章を刻めるのは王族だけだ。

そしてガスパール王子は……《宵闇》の貴公子とも呼ばれた稀代《きたい》の魔法使いである。

「王子さま──まさか、あなたがこの呪いの主なのですか⁉」

「ああ。貴女《あなた》こそ……僕の呪印をよくぞ見破ったものだよ！」

彼には言い逃れをする素振りすらなかった。

いつ。なぜ。どうやって。わたしの放った問いはいずれも一笑に付された。

「ここまできて邪魔されるわけにはいかない。せっかく──後は祝祭《カルナヴァル》の日を待つだけだというのに」

「祝祭の──？　どういう意味です──？」

「知る必要はない。貴女はもう、この王国に不要な存在なのだから」

気づいた時にはもう遅かった。

王子さまの引き連れていた大勢の近衛兵《このえへい》たちがこちらを取り囲み──一斉に槍《やり》を構え始める！

「先代と同じ末路を辿《たど》らせてあげよう──やれ！」

「「──ハッ」」

無数の槍がわたしを串刺しにせんと襲いかかった。

そして理解する。今までの聖女さまもきっと、こうして口封じに殺されたのだろう。

だけど、わたしは屈するわけにいかないから――

「光よ築け――十六夜《セレネ・クレア》の螺旋城!!」

「ッ――何……小癪《こしゃく》な――!?」

爆《は》ぜる白光。わたしを中心に興《おこ》った《光》の城壁は、この場の全員を弾《はじ》き飛《と》ばす最硬の大結界!

「こんな所業は認められません――ガスパール王子! 覚えていてください。わたしは聖女として、必ずやフォルトゥナに平和を取り戻してみせます!」

わたしはそう言い残して逃走した。

大神殿を抜け、王都を脱し……命からがら逃げおおせた。

だが、真の逃亡はまだ始まりにすぎなかった。

〝聖女狩り〟が発令されたのはそれからすぐのことだ。

堕天の聖女サラ・ツァイトブロームを捕らえよ――ガスパール王子の勅令《ちょくれい》は、すぐさま国全土に浸透した。なんでもわたしの身柄ひとつで、一生遊んで暮らせるほどの富が手に入るという。

それだけではない。なんと、事の発端であるはずの〝呪い〟が――わたしのせいにされてしまっていたのだ。

「聖女が宝珠に呪いをかけた」「そのせいで女神さまもお怒りだ」「だから国がぐらついている」――と。

(どうして――どうして、こんなことに……!)

宝珠は本来、大神殿に祀られているもの。

王都から逃亡した聖女が怪しまれるのも、無理からぬ話ではあった。

わたしに味方は誰もいなかった。どこにいても見つかって、追われて、生死も問わぬと攻撃されて……何もかも諦めかけた。

そんな最果ての崖っぷちで――わたしは彼に出会った。

＊

「……と、いうわけなんです」

「そうか」

これまでの経緯を語り終える。

彼は億劫《おっくう》そうに魔導書を開きながら、ソファの上に両脚を投げ出していた。

「あのう。今さらですが、そもそもここはどこなのですか……?」

「私の屋敷《やしき》だ」

あの後。知らぬ間に竜の背に乗っていたわたしは、断崖からはるか天空へと昇って、気づけばここに着いていた。

いかにも貴族の書斎といった設《しつら》えの一室だ。アンティークな調度品が数多く並び、ドーム状の屋根からはなぜか星空が透けて見えている。

「要するに──きみは王子とやらの陰謀を暴いた結果、口封じに殺されかけていると」

「！　そ、そうです。王国は依然として墜落の危機にありまして」

「ふうん。大変だねえ」

「そんな他人事《ひとごと》みたいに……」

そっけなく答えるこの男性こそ、窮地のわたしを助けてくれた《時》の賢者さまだった。

「賢者さまは──やはり、わたしの祈りに応じて来てくださったのですか？」

「思い上がるのも大概にしたまえ、聖女。たまたま、両手を組んでくたばろうとしている阿呆《あほう》が見えたものでね。つい手を貸してしまっただけだ」

「あ、あれは女神さまに祈りを捧《ささ》げていたのです！」

「祈り、か。実に無駄な行為だ。念じるだけで奇跡が起きるなどという妄想に身も心も委ねられるとは実におめでたい。きみのおつむには綿菓子でも詰まっているのか？」

「ぐむむ……！　女神さまへの悪口は、いかに賢者さまとはいえ許せませんよ！」

許しがたい物言いに嚙《か》みつくと、彼は真摯な眼差《まなざ》しで言った。

「きみは足掻《あが》けた」

「むっ……」

「跪《ひざまず》いて祈るのではなく、例えば許しを請う小芝居《こ》などを打てば、もう二、三秒は生き延びられただろう。違うか？」

「違わない……ですけど。にしたって、たったの二、三秒じゃ――」

「無駄、かね？」

「……………」

――無駄ではない。

賢者さまはあの時、ほんの刹那の間に現れてわたしを救った。

「ま――もっとも、自ら崖っぷちに追いやられるような猪突猛進《ちょとつもうしん》では仕方ないがね！」

「ぐむむむぅ……！」

ひと言もふた言も多すぎる。

いよいよ不満が爆発しかかっていると、後ろから肩をトントンと叩《たた》かれた。

「サラ様。次は左肩をこちらへ向けていただけますか？」

「あ――ありがとうございます」

そっと包帯を差し出してくれたのは一人の女性。

このお屋敷に住んでいるという、メイドのリーシャさんだった。

「それにしても痛ましいお怪我ですね。よほど苦闘なされたのでしょう」

「あはは……いつもならこれくらいへっちゃらなんですけど。他の人に治療してもらうなんて初めてで…………あっ！」

身をひるがえして湿布を貼ってもらおうとする——と、腋《わき》が緩んで、胸に巻いていたサラシが外れてしまった。

わたしは咄嗟《とっさ》に賢者さまの方を振り向く。

「……み、見ました？」

「見ていない。というか、見ていたらなんだというんだ。きみはもしやその貧相な肉体に見世物としての価値を覚えているつもりか」

「ひ、貧相などではありません！　見ますか⁉」

「サラ様。ご自愛を」

こうした売り言葉に買い言葉を何度か繰り返していた。

わたしはつい疑問に感じてしまう。

「あなたは、本当に……ハルト・レーヴァキューン様なんですよね？　神話に出てくる《時》の賢者の」

「くどいな。何度もそう言っているだろう。きみの印象など知らないが、人が二千年も変わらないほうがおかしいと思わないかね？」

伝説によれば——彼はときに医師であり、賭博師であり、占星術師でもあったという。

しかし、気だるそうに寝転がるその姿は、きらびやかに描かれていたあの《時》の賢者さまとは思えない。

（イメージと違う――なんてのは……勝手な話だとわかってるけど……）

どうしても嘆きたい気分になった。神話のほうが美化されすぎなんだろうか？


『女神を殺す――きみの力を貸せ、聖女』


彼の残した言葉が今も耳に反響していた。

街であんな暴言を吐けば、ただちに捕らえられるほどの不敬さだ。

伝承通りなら彼は神話の時代、素晴らしき女神さまにお仕えしていたはずなのに。

というか、そもそも。

「女神さまは二千年前、王国を空に浮かべて亡くなったはずじゃないですか……？」

「そうだな」

「そうだな、って……」

彼はそれ以上答えてくれなかった。

（女神さまは現代人にとって信仰の対象です。それを殺すだなんて、まさか……聖メフィリム教を駆逐しようとでも言うのでしょうか……？）

賢者さまの真意は知れない。彼はソファに座り直すと、こちらへ問いかけてきた。

「時にこれはなんだ？　聖女」

「それは風船キャラメル――ってあれ？　それ、わたしの！」

「キャラメル……とはなんだ？　見たところ菓子のようだが――わざと焦がしているのか？　現代人の嗜好《しこう》というのは面妖な……ぱく」

「食べていいとは言ってないんですけど……」

あと、焦げているのは火矢に焼かれたからだ。

せっかく拾い直したとっておきは、あっけなく賢者さまの胃袋へ吸い込まれてしまった。

「――ご主人さま。〝聖女狩り〟のお話を聞く限り、サラ様のお命は極めて危ういように思えます。ほとぼりが冷めるまで、こちらに匿《かくま》われてはいかがでしょうか？」

「無論。そのつもりで連れてきた」

「！　このお屋敷に、わたしを……？」

「そうだ。きみは今から百年、我が屋敷のメイド兼フットチェアとして仕えたまえ。ちょうど足置きが壊れて困っていたんだ」

「――って百年⁉　むむ無理です、というかフットチェアなんてお役目は人としても御免なんですけど」

「きみを追う連中が息絶えるのに十分な時間だ」

百年もいたらわたしは大変なおばあさんになってしまう。

そう危惧していると、リーシャさんは優しく微笑《ほほえ》みかけてきた。

「ご安心を、サラ様。この屋敷は――外と時間の流れ方が異なるのですよ」

「そ、そうなのですか……？」

「はい。それに、ここは空間的にも外界と切り離されていますから……万が一、国が堕《お》ちるようなことがあっても無事でいられます」

その間、王国のいざこざと無縁でいられるとも。

リーシャさんいわく――ここで百年過ごしていても、ほとんど歳《とし》は取らないという。

しかし……

「――どこへ行く、聖女」

「……外へ」

覚悟を決めて立ち上がった。足を止める気には、なれなかった。

「わたしは聖女です。たとえこの命がどうなろうと、最後までフォルトゥナのために尽くす責務があります」

「イノシシもここまでくると滑稽だねえ。守るしか能のないきみでは、降りたところでまた同じ末路を辿るだけだよ」

「……かもしれませんね」

でも、だからこそと、わたしは彼の前に立つ。

「お願いします。賢者さま。祈るだけでは無駄なのだとあなたは仰《おっしゃ》りました――なればこそ、その超常的な魔法のお力をお貸しください」

「断る。私は国の平和などに興味はない。第一、なぜ私がきみに頼まれなくてはならんのだ。逆だろう」

「女神さまの浮かべ給《たま》うたこの王国が……墜落しようとしているんですよ！　断じて許してはならない。そう思いませんか⁉」

「知らんね。御免だ」

「どうしてです」

「面倒だから」

「ぐむむ……！」

またソファに寝転がってしまう賢者さま。なんとひねくれた御仁だろうか。

かくなる上は……

「……あなたは先ほど、わたしの風船キャラメルを口にしましたよね」

「……したが」

「あれは亡き姉さんがくれた思い出の一品なんです。最後の大事な大事な取っておきだったんですが……まさか無断でつまみ食いされるなんて。ああもちろん、わたしはぜんっぜん気にしてないいんですけどね？」

彼はバツが悪そうに目を逸《そ》らした。わたしはすかさずたたみかける。

「そうそう！　それと最近の王都では、キャラメリゼとかいう、あえて焦げ目をつけたスイーツがブームみたいで。噂《うわさ》によると西地区にある洋菓子店《パティスリー》の限定ドーナツなんてのが、絶品だとか」

「…………………………」

賢者さまの眉がわずかにぴくりと動いたのを、わたしは見逃さなかった。

「王子さまは……〝後は祝祭の日を待つだけ〟と言っていました。もしそれが本当なら、あと二日しかありません。お願いします、賢者さま！　わたしにできることならなんでもしますから――！」

「フゥ……仕方がない。なれば、これは契約としよう」

気だるげに立ち上がる賢者さま。

すると、彼の手のひらから――黄金の杯《カップ》が出現した。

「私はきみの望み通り――王国の危機とやらを救ってやる。その代わり――きみが執心している宝珠を、私によこせ」

「ほ、宝珠を⁉　あれは王国の心臓なんですよ、それを独占しようだなんて、とんでもない――」

「なんでもする――と言ったのはきみだぞ？」

「う……」

言葉に詰まる。

聖女としての答えなら確実にNOだ。でも……。

「一点……おうかがいします。なぜでしょう？」

「告げた通りだ。私は女神を殺す。そのための道具を探している」

おもむろに遠くを見つめる賢者さま。その態度は、深入り無用と告げていた。

「……わかりました。ただし、その宝珠を再び悪用したりはしないこと。王国の平和さえ取り戻せるのなら——あなたの希望に応えます」

「無論。もらい受けた宝珠は正しく扱うと約束しよう」

わたしは条件を飲んだ。

神話の人物に助力を請うのなら……それくらいの対価は用意しなくちゃいけないと思ったから。

「ハルト・レーヴァキューンが誓約する」

「サラ・ツァイトブロームが誓約します」

指先に切り傷を開く。互いに、杯へ血のしずくを垂らした。

わたしと賢者さまの紅が交わると——杯に巻きついていたブロンズ蛇の両眼が、部屋中にきらめきを放った。チクタクという針の音が響き、どこからか柱時計の鐘が鳴る。

その時わたしは理解した。

この契約は——いかなる時を隔てても、分かたれることはないのだと。

「外へ出てくるぞ、リーシャ。しばらく留守にする」

「かしこまりました。よき旅路を——ご主人さま、サラ様」

＊

大神殿には月光が差し込んでいた。

静謐《せいひつ》な空気が満ちるなか、金髪碧眼《へきがん》の優男《やさおとこ》がひとり立つ。

彼は側近の近衛騎士《このえきし》から報告を受けていた。

「――ガスパール王子。例の聖女がオーレ荒野にて発見されたとのこと」

「ふむ。生け捕りにしたか？　それとも、あえなく散ってしまったかな？」

「いえ。それが……取り逃がしたとのことで」

「……何？　あの女に抗戦の手立てはないはずだが……」

フォルトゥナ王国第一王子・ガスパールは眉をひそめた。

しかし、すぐに気を取り直して言う。

「まあいい。あの聖女に勘づかれたのは計算外だが――最果てで生き延びたところで、どだい何もできはしまい」

大神殿の台座には宝珠メルスフィアが嵌《は》められていた。

八芒星の紋章が刻まれた半透明の球石を、ガスパールは慈しむように撫《な》でる。

「僕の呪印は誰にも解けない。運命はとうに定まっている。後わずかだ――この王国が、天空に別れを告げるまで」

宝珠の輝きは今や、風前の灯火《ともしび》ほどに弱々しく失《う》せていた……。

第二章　最果てからの旅立ち

群青郷《ぐんじょうきょう》ナ・ノークの円卓には十人の魔術師が集った。
女神は彼らへ告げた。
「メフィリム・セータフェレスが誓約します。さあ、共に契りを交わしましょう」
黄金の杯に血が注がれていった。
火――水――風――地――氷――闇――光――時――天――虚――
十の属性を司《つかさど》る魔術師たちは、その儀式をもって号を授かった。
――賢者、と。

――フォルトゥナ神話第Ⅰ章Ⅳ節　女神と十賢者の契約より

わたしと賢者さまはお屋敷《やしき》を出て再び荒野に立っていた。

周囲の状況は変わっていない――が。

「……あれ？　先ほどまで夕方でしたのに――もうお空が明るいですね？」

「今は昼だ。言っただろう、屋敷では時間の流れ方が異なると」

「こ、こんなにも違うんですね……」

わたしがお屋敷に招かれていたあのわずかな間に、こちらではもう日付が変わっていた。

思考の整理をつけようとしていると――突如、地面が揺れる。


――グラグラグラグラグラ…………!!


「っ……烈震が」

「ふむ――ぐらつきというのがこれか」

「はいっ……ここ数年――特に最近は、揺れない日のほうが珍しいくらいでして……！」

おぼつかない足元をなんとか保つ。

断崖にいるのは危険なので、急いで西のほうへと駆けた。

「ふう……ここまでくればなんとか」

「元凶となっている男の名は――ガスパール、だったか？　さっさとそいつの首をひねりにいくぞ」

「と、とんでもないことを仰《おっしゃ》らないでください。ガスパールさまは今もフォルトゥナの第一王子ですし——何よりわたしは聖女ですから。血を見るような手段はとれません」

「なればどうするつもりだ？」

「はい。呪われた宝珠メルスフィアを——この手で治癒いたします」

それこそがわたしの描く目標だった。

浮遊を司る核さえ治れば、フォルトゥナは再び安定を取り戻してくれるはず。

そして、あれほど深刻な呪いを癒やせるのは、聖女《わたし》をおいて他にいない。

「もう一度、大神殿へ忍び込み——王国の病める心臓を浄化する。それが、わたしの果たすべき使命《クエスト》です！」

「構わないが……契約の対価も忘れてないだろうな？」

「もちろんです。癒やした宝珠は賢者さまへお預けします（不安ですけど）」

賢者さまの手に渡れば、王子さまも簡単には手出しできないはず。

この際、丁度いい隠し場所として利用させてもらうことにした。

「とはいえ……これにはタイムリミットがあります。王子さまの言及していた祝祭の日——つまり、明日です！」

祝祭は建国の奇蹟《きせき》を記念するもの——毎年四月三十日に行われると決まっている。

お屋敷で一日が経過したことにより、もはや一刻の猶予もなくなっていた。

「王子さまの狙いはわかりません。ですが、明日までに王都へ帰還する必要があります」

「ふむ。ま、今日明日以内にカタをつければいいわけだね」

今までのわたしじゃ、王都へ近づくことさえ敵《かな》わなかった。

けれど……賢者さまと一緒なら。

「いざ王都へ――アラドバルの地へ向かいましょう！」

＊

王都へ向けて堂々の発進――

しかし、わたし達《たち》の旅路は一歩目にしてさっそく躓《つまず》くこととなった。

「つ……通行止め⁉」

そこは、最果てから西へ進んだ先の小さな村だった。

通り抜けようとしたわたし達に、村の長老さんはそう警告する。

「うむ。この先の〝魔の山〟には……大量のワイバーンどもが巣食っておる。通るのは不可能じゃ」

「馬車を出してはもらえないでしょうか。急いで王都へ行かなきゃならないんです……！」

「駄目じゃ、駄目じゃ。馬車を出すなど奴《やつ》らに餌をやるようなもの。ま、おとなしく迂回《うかい》して向かうんじゃな」

《──グオオオオオオオオオンッ!!》

目の前にはだかる山間では大翼を広げたワイバーンが何頭も周遊していた。

言わずと知れた最恐の飛竜種だ。

「例の聖女がいなくなってからというもの、村の治安もたいそう悪くなってのう。大穴《アビス》から、空の魔獣がわんさかあふれ出てきよるんじゃ。ん？　あんた、どこかで見たような顔……」

「た、他人の空似ですわ！」

雲行きが怪しくなってきたのを察し、わたしはその場から退散する。

それから小宿に佇《たたず》む賢者さまへ慌てて報告した。

「ど……どうしましょう賢者さま！　王都へ向かうにはこの山を越えるしかない──のですが、馬車が出せません。というか、本来なら馬車を使っても丸一日はかかる距離です。このままでは祝祭の日に間に合いません。後、ついでに正体もバレそうでして──！」

「落ち着け。阿呆《あほう》」

てんてこまいになるわたしの額に、パチンと指が弾《はじ》かれた。

「わざわざ馬車を駆るなど時間の無駄だよ。その魔力《マナ》は何のためにある？」

「！　もしや賢者さま……空飛ぶ魔法が使えたり？」

「まさか。私が使えるのは《時》の魔法だけだよ──今も、昔もな」

賢者さまはふっと笑うと、小宿から飛び出し、堂々と翼竜の巣まで近づいていった。

「待て、若人よ──迂闊《うかつ》に近寄るのは危険じゃ！」

《──グアアアアアアアアアアッ‼》

ワイバーンたちの鋭い翼爪が、賢者さま目がけて強襲する！

「時よ縛れ」

だが──その脅威はまさしく一瞬でかき消えた。

どこからか飛来した無数の鎖がワイバーンを絡め取って、その全身を腐り落とす。

「い……⁉」

「な……なんだあれ。魔法──？」

その光景を遠巻きに見守っていた村人たちも驚愕《きょうがく》していた。

束縛されたワイバーンは翼の飛膜を剝がされ、やがて骨格まで露《あら》わになる。

それは──対象を腐らせる鎖だった。

「襲わなければ何もしないさ。さて、どれがよいかな」

《ギ……ギアアッ？》

ワイバーンの群れさえも慄《おのの》かせた賢者さまは、うちの一頭に目をつけて背に飛び乗る。

それから……

「来い」

「え……わ、わたしですか⁉」

こちらを見て合図する賢者さま。まさか……ワイバーンの背に乗れというのか。

「き……危険すぎます！　空の魔獣は人の言うことなんて聞きませんし、それに──」

「つべこべ抜かさずさっさと乗れ。ポンコツ聖女」

賢者さまが指を鳴らす──と同時に、念入りに巻いていたわたしのスカーフがあっけなく擦り切れて散った。

「せ……聖女だと⁉」

「女神さまによく似たあの顔──間違いねえ！　本物だ！」

「み、身バレされてるー⁉」

前門のワイバーン。後門の村人たち。

どちらに進めどピンチには違いなく、覚悟を決めてワイバーンに飛び乗った。

すると天文時計のごとき魔法陣が、わたし達の背後に展開される。

「時よ滞れ──灰画の禁域《グリザイユ》」

チクタクという針の音と共に、周囲の景観がモノクロに描き変わっていった。

景色も、追ってくる村人たちも、何もかもが動きを止める。

「時が、止まっ――」

「否。静止ではない。完全な時止めというのは、川の流れを無に帰すような最上級の術式でね。燃費が悪い。よってこうして極限にまで時流を遅らせる」

不思議な光景だった。わたし達を除いて、辺りは草木の一本さえ揺れていない。

「その上で――私たちだけに本来の速度を与えてやると、こうなる。西へ飛べ」

「ほえ?」

私たちの乗ったワイバーンが一度だけ、羽ばたいた。すると。

「――ぎいええええええええええええ⁉⁉⁉」

たった一度の推進で――音速すら上回るほどの超加速!

山道を、沼地を、氷湖を……走馬灯みたいな速さで駆け抜けていき、目的地に近づいたところでようやく〝遅滞《ディレイ》〟が解除された。

そうして……

「――着いたぞ」

「二分しか経《た》ってない……」

気づけばわたし達は巨大な関門の前にいた。

王都アラドバルの入り口――アラドバル門だ。

（時の魔法――恐るべしですね……）

時間という絶対の秩序《オーダー》をねじ曲げる彼の命令《オーダー》。

その真髄を改めて肌で感じるのだった……。

＊

魔法——正式名称・魔力共鳴連鎖法理。

世界に存在する物象へ魔的な干渉を行う術式のこと。

魔法は通常、術者が物象に対して詠唱を唱えることで成立する。例えば『火よ立て』と唱えることで発動する火柱《フレイムピラー》では、自然法則を無視して炎を燃え上がらせることができる。このことから、魔法は秩序《オーダー》を書き換える命令《オーダー》とも称される。

また、この場合『火よ立て／火柱《フレイムピラー》』は単一の『魔法式』で表される。魔法の発動には原則として『魔法式の理解』『魔法式の描画』『呪文の詠唱』が不可欠とされる。魔法の発動に単純な魔法であったとしても、その魔法式には羊皮紙一枚分ほどの記述が必要となる。どんなただし『魔法陣』を会得した術者はこの工程をスキップできる。魔法陣とは、複数の魔法式の集合体である。

魔法陣の発現には、理解すら難しいといわれる魔法式を無数に暗記し、かつその膨大な式を陣として落とし込むことが求められる。それらは多くの場合、点対称の紋様になる。

その所業は数式で絵を描くようなもの——としばしば喩《たと》えられる。小さな陣であったとしても、一般には最低でも百の式を編み込むことが必須とされる。

魔法陣の会得には創造性・芸術性・記憶力・演算力の全てが求められるため、際立ったエキスパートの証明ともなっている。

そうして魔法陣を投影させた魔法使いは――『○○よ○○しろ』という最も単純な命令《オーダー》のみで式を発動することが可能となる。また、そのレパートリーは魔法陣に組み込まれた式の数に依拠する。

それら魔法の原動力は魔力《マナ》である。その補給には外部の環境から属性に応じた魔力《マナ》を取り込むほか、魔石を使用するのが一般的だ。

ただし例外として、体内に魔力回路を有する一部の人間は独力で魔法を起こすことも可能とされる。

現代魔法の属性は《火》《水》《風》《地》《氷》《光》《闇》の七種。太古には《時》《天》《虚》という三種の属性が存在していたが、フォルトゥナ王国の浮遊と同時に消失した。

このうち他者への攻撃・妨害・衰弱を主としたものを『黒魔法』。

治癒・修復・強化を主としたものが『白魔法』と呼ばれている。

――エレメント魔法協会編纂《へんさん》・魔法学の礎より

第三章　王都アラドバル

王都アラドバルは国の南東に位置している都市だ。

街の景観はひと月前と変わらぬ平穏なものだった。石畳のストリートを馬車や行商人が行き交い、王都のランドマークである黄金の時計台がギラギラと陽の光を照り返す。

ところどころ凹んでいるのに目をつむれば、ほっとひと息ついてしまうほど長閑《のどか》な街並みだった。

「ここが今の王都か」

「はい。なんとかバレずに侵入できましたね……」

正体に気づかれぬよう息をひそめる。

しかし賢者さまはそんなわたしもよそに、堂々と大通りを闊歩《かっぽ》していた。

「聖女。あれはなんだ」

（あちらはカフェーです。王都の人たちは、よく午後になると紅茶やコーヒーを嗜《たしな》みます）

「なるほど。あれは」

（あちらは魔導船です。王国内の移動に主に使われる飛行艇ですね）

物珍しそうに王都の光景を観察し、ふらふらと歩き回る賢者さま。

それ自体は問題ない。ないのだが……

「あれはなんだ。あの建物は？　あの装置は？　おい聖女、聞いているのか。何をカサカサ日陰ばかり這《は》い回《まわ》っている」

（人を虫みたいに言わないでください！　隠れるのは当然です。わたしは王都《ここ》じゃ特に面が割れているんですから）

「まさかとは思うが……そのダサい格好が変装のつもりか」

（ダサさは関係ないでしょう！）

わたしは村娘の服装を真似《まね》て、さらに人相を隠すようキャップと伊達《だて》メガネを装着していた。

「隠れ忍ぶなど時間の無駄だ。避けて通れぬ相手なら蹴散らすしかないと知れ、聖女」

（聖女は暴力厳禁ですので。あとあんまりここで聖女聖女言わないでください、聖女なんですから……！）

「無茶を言うねきみは」

今はまだ〝聖女狩り〟の真《ま》っ只中《ただなか》。

もしわたしが帰ってきたと知れれば——ただちに王宮の兵士たちが捕らえにくるだろう。

「ですから、賢者さまもあまり目立つ行動はお控えいただきますよう——ってあれ？」

気づけば隣から姿が消えていた。辺りを探すと……

「ぼりぼり……ふむ。これが例の揚げ菓子か？　少々味が薄いな」

「偉そうな客だねえ。そいつはこっちのチョコ・ラテに浸《つ》けて食べるのさ」

「そういう作法か。悪くない」

露店の店先で堂々とチュロスをむさぼる彼の姿があった。わたしは急いで駆け寄る。

「け、賢者さま！　それは売り物です！」

「おや。あんた、連れかい？　この男、有り金がないとか抜かすんだ――あんたが立て替えとくれよ」

「はい！　もちろんお支払いします――ってあっ、足りない」

「食い逃げかい⁉　泥棒にゃ容赦しないよ⁉」

違いますす違うんですと言い訳しつつ、なんとか隠し小銭を探すわたし。

そうこうしているうちに、当の彼はふらりとその場から立ち去ってしまっていた。

「向こうからもパイの香りがするね。あまり期待はできないが行ってみよう」

「ああっ待ってください賢者さま！　もうこれ以上は払えませんから～！」

＊

「現代の王都というのもまた違った趣があるものだね――もぐもぐ」

「片っ端から焼き菓子を食べるなんて……所持金がほとんど無くなってしまいました」

あちこちさまよう賢者さまをようやく捕まえたわたし。

露店の〝焦がしキャラメルドーナツ〟と〝はちみつマーマレードマフィン〟を買い与えることでおとなしくさせ、そのまま王都の市場を歩いていた。

「賢者さまは……その、いつぶりに王国へ降りられたのですか？」

「七百年ほどぶりだな」

「ななひゃ……⁉」

さり気なく言う賢者さまだったが、スケールが違いすぎて目まいがしそうになる。

「なぜ、今まで降りられなかったのでしょう……？」

「外界で過ごすのは、時間の無駄だからだ」

「時間の無駄——と申しますと。もしや……普通にお歳《とし》を召してしまうから、でしょうか？」

「そうだ。わざわざ外の時の流れに身を置くのは、死に急ぐようなもの」

あの賢者さまのお屋敷《やしき》ではゆっくりとした時間が流れる。

神話の時代から二千年という彼の長生きもそういう理屈だ。

だけどこちらにいる時の彼は、わたし達《たち》と同じように寿命を消耗していくのだろう。

「ゆえに——わかるな、聖女。もぐもぐ。私はいつまでもこんなところで油を売っているわけにはいかない。もぐもぐ」

「はい。貴重なお時間を割いていただき感謝申し上げます」

ドーナツをむさぼっている時間はどうなのかという疑問もあったが、言及しないことにした。

「ひとまず王都への帰還は成功しました。次はさっそく、大神殿へ向かいましょう」

わたしは賢者さまを連れて、王都の南地区へ移動した。

「あちらに見えますのが――アラドバル大神殿です」

「人気《ひとけ》がないな」

「大神殿は神聖な場所なので、平時は開放されていません。管理を任されている聖女も、教会の許可がなければ立ち入れないほどです」

白亜の大神殿はひと月前と変わらぬ様子だった。

呪われし宝珠の治癒――わたしの使命のためには、あの中へ忍び込む必要がある。

「宝珠メルスフィアは最奥の台座に納められています。こっそり裏手から回り込みましょう。さあこちらへ――」

わたしは賢者さまを先導するように、一歩を踏み出し、駆け出した――

次の瞬間。

――ドゴオオオオオオオオォォォォォォォォン!!

「――――へ」

「ほう」

すべてが、潰れた。

つい今までそこにあった白亜の建造物が——彫刻の刻まれた柱が——大神殿そのものが、何もかも物理的に圧潰する。


——グラグラグラグラグラグラ…………‼


そして、烈震。眺めていた街並みが一斉に揺れる。

「——《神罰》《オルテマ》だ！《神罰》《オルテマ》があっちに堕《お》ちたぞ——！」

「大神殿のほうだ！逃げろ——！」

辺りは騒然となり、蜘蛛《くも》の子を散らすように人が逃げていく。

一瞬で廃墟《はいきょ》と化した神殿の跡地を眺めて賢者さまは呟《つぶや》いた。

「やれやれ。自爆魔法でも仕込んでいたのかね？」

「ちっ……違います。わたしのせいではありません。これは——」

墜落問題を語るにおいて、欠かすことのできない現象だった。

「《神罰》《オルテマ》——今、王国の浮遊を脅かしている最大の天災です」

それは王国を押し潰す災厄だった。

五年前から頻発するようになったこの事象は、半径七m《ミュール》ほどの範囲に絶大な不可視の衝撃を堕とす。そして巻き込まれた事物は、何もかも恐るべき重圧によってぺしゃんこに潰されてしまうのだ。

《神罰《オルテマ》》の落下地点は無差別。その度に町が、自然が、気まぐれに壊されていく。

まるで……浮遊する国土を押し落とすかのように。

(まさか大神殿にも堕ちるなんて……もし、わたしが中にいたら……?)

幸い、今はたまたま人がいなくて済んだ。

しかし紛れもない死の鉄槌《てっつい》が……まさに目の前を掠《かす》めていった。

「例の宝珠はどうなった」

「……ありません。残骸らしきものさえ、どこにも」

急いで跡地を確認するも、散らばっているのはひしゃげた椅子や祭壇だけだった。

「ひとまず――この場を離れましょう。騒ぎを聞きつけたら、すぐ衛兵がやってくるはずです……!」

わたしは《神罰《オルテマ》》の跡から目を背けるようにして、そそくさとその場から逃げ去った……。

＊

しばらく走ってわたし達は路地裏に隠れた。

レンガ造りの壁に背をもたれさせながら、荒い呼吸を整える。

「ふう、ふう……ここまでくれば——なんとか……」

その時、わたしは自分の両肩が震えているのに気づいた。

ひと息ついたことで、抑えつけていた恐怖心がどっとぶり返してきたらしい。

「ふむ。危うく潰されかけた恐怖——だけではないな。何やら他にも事情があるようだが？」

「……はい。実は……わたしの姉さんは、昔、あれによって押し潰されました」

わたしにとって最大級のトラウマを告白する。

五年前もあぁして《神罰《オルテマ》》はわたしの目の前に堕ちた。その時は、姉さんというかけがえのない存在を喪《うしな》った。

「……なるほどね。きみが平和にこだわるワケもなんとなく知れたよ」

「……取り乱してすみませんでした」

気を取り直して、こっそりと路地裏から大通りへ出る。

王都アラドバルの街並みには、他にも円形の轍《わだち》が水玉模様のように広がっていた。

「王都に向かう道中も……似たような跡があったのを覚えていますか。あれらもこれらも、どれも《神罰《しんばつ》》による爪痕です。〝国が堕ちるかもしれない〟——そんな噂《うわさ》が囁《ささや》かれるようになったのも、この天災が原因です」

「道理でところどころ不格好な景観が残るわけだ」

街一番の劇場も、馴染《なじ》みだったマーケットの一角まで、なべて痛々しく押し潰されている。

「たまに……不安になるんです。本当に、わたしが不甲斐《ふがい》ないばかりに、天の女神さまも

そんな立場であるわたしが逃げ出したなんて、うってつけの口実《スキャンダル》となった。

聖女とは女神さま第一の信徒。

「ま、人は理解を求める生き物だからね」

い、と」

「さらにここへきて、怒りを買うのに十分な理由が見つかったわけです。——聖女《わたし》のせ

だとか、様々な憶測を呼んできた。

ゆえに今回の《神罰《オルテマ》》も、原因は「人類の傲慢さ」だとか「発展しすぎた魔法のせい」

人の子が教えに背けば、やがて怒りの鉄槌が下ることもあろう——神話にはそうある。

さりますから」

「……一般的には。なにせ女神さまは、いつも天上からフォルトゥナの民を見守ってくだ

「神の罰——ね。きみ達はあれが、女神の仕業だと信じているのか?」

彼らの目線の先には、二階建ての屋根よりも高い女神メフィリム様の像がある。

広場では多くの市民が祈りを捧《ささ》げていた。

「女神さま、祝福を。明日はめでたき建国記念日——フォルトゥナに安寧が戻りますよう」

「ああ……女神さま。どうか我々をお許しください」

王国の民は、誰もがそんな恐怖を抱えている。だから……

《神罰《オルテマ》》がいつ自分の身に降りかかるかわからない。

お怒りなのではないかと……」

「まさか！　女神などとうに没したと、きみ自身が言っていただろう」

「そ、そうですけど」

「きみが不甲斐なくポンコツなのは事実だがそれでもありえない。もしあれが女神の怒りだというのなら——真っ先にこの私へ堕ちなければおかしいからね！　だろう？」

「……た、確かに」

並々ならぬ説得力だった。ポンコツとは言ってないけど……。

「確かに興味深い事象ではあった。だが、どんな天災にも必ず要因がある。どう考えるね、堕天の聖女？」

「はい。《神罰《オルテマ》》。そして、度重なる烈震。これらの災厄は——どちらも五年前から起き始めたものです。また《神罰《オルテマ》》の被害地は王国の東側——特に王都の近辺に集中しています。よって、すべての原因は宝珠にかけられた〝呪い〟にあると考えます」

これは王国でわたし一人しか握っていない事実。

《神罰《オルテマ》》については犠牲もさることながら、女神さまの怒りだと騙《かた》って人々に赦《ゆる》しを乞わせていることが、なお許しがたい。

「だが、あの場に例の宝珠はなかった」

「……ええ。どうやら——すでに何者かに持ち去られてしまったようです」

大神殿に立ち入れる人物は教会関係者に限られている。

だが、神聖な遺宝を台座から取り外してしまうだなんて、とても敬虔《けいけん》な聖職者の仕業とは思えない。

(よって――宝珠をあの場から持ち去ったと考えられるのは、たった一人……!)

わたしはギロリと王都の中心をにらんだ。

小高く盛り上がった丘の上で、威風堂々とそびえ立つ――アラドバル王城。

「わたしの使命はまだ終わっていません。王子さまはまだ……わたしが最果てにいると思っているはず。となれば、今は姿を忍ばせて――」

と、今後の算段を立てる――その矢先だった。

「――《神罰《オルテマ》》が来るぞォ！　みんな逃げろ、潰されるぞォッ！」

野太い男性の声がこだまする。

住宅街のほうから、パニックになった人々が一目散にこちらへと駆けてきていた。

「っ――もしかして、また……⁉」

「あそこか。上空に魔力《マナ》のうねりが見えるね」

見上げた空には白銀色の魔力《マナ》が台風のように渦巻いていた。とびきり大きな《神罰《オルテマ》》の前兆だ。

もはやあと数秒もなく、あの直下に衝撃の鉄槌が下るだろう。

「逃げましょう――賢者さま！　今度こそ潰されてしまいます――」

「ああ。だが、いいのか？　アレは」

「え……？」

賢者さまに言われて振り返る。

屋根の並ぶ住宅地――そのど真ん中には、逃げ遅れた少女がいた。

（！　助けなきゃ――！　っ、でも……あ、足が動かない――っ……!?）

逸《はや》る心とは裏腹に、散っていった姉さんの顔がいつまでもよぎって離れない。

ああ……ごめんなさい。

わたしはトラウマを拭えぬまま、やがて《神罰《オルテマ》》は少女へと堕ちる――


「――時よ止まれ」


その、寸前。振り下ろされた白銀の衝撃波は――落下の途中で止まっていた。

「っ……止まっ……た……？」

「十秒止めてやる。助けるなら急げ」

命じるように右手を突き出す賢者さま。

彼の《時》が――《神罰《オルテマ》》を食い止めてくれている！

（そうだ――わたしは聖女。悩んでる場合じゃない――絶対に、見過ごせません――！）

　わたしもようやく肚《はら》を据えて、軒先で座り込む少女のもとへ駆け出した。

「……？　あなたは……？」

「いいから──こっちに来て、早く──！」

　問答無用と彼女を抱え、火事場の馬鹿力でなんとか影の範囲から脱する──と同時に、十秒が経過した。

「いつまでも止めておくのは骨だ」


　──ミシメシメシゴキバキゴキグシャァッ!!


　堕ちる極大の衝撃波。それは住宅街だった区域を一瞬で荒れ地へと変貌させた。

「はあ、はあ……大丈夫──？　怪我《けが》とかない？」

「……ん」

　抱きかかえた少女を下ろす。わたしより三つ四つ下の年頃だろうか。

　そして彼女の口からこぼれたのはお礼の言葉──では、なかった。

「……どうして」

「え……？」

「どうして、助けたの？」

　痩せ細った少女は、虚《うつ》ろな目でそう呟く。

「どうして、って……そりゃ……危なかったから。《神罰》《オルテマ》に遭ったらああして――人間だってみんな潰されちゃうんだよ？」

「別に……いい。逃げる気なんて――なかったし」

「そんな――あなたがもし巻き込まれちゃったら、悲しむ人だって……」

「ううん」

教会を訪れた子へ接するように優しく声をかけた。すると少女はふるふると首を振った。

「誰も……いないよ。ママも、パパも、みんな、あれが堕ちてきて、潰れたんだ」

「っ……潰れ……」

少女の瞳に生気のなかった理由が知れた。

彼女が《神罰》《オルテマ》に直面したのは――初めてではなかったのだ。

だからこそ、元から逃げる気力もないくらい、現実に絶望していたのだ。

「知ってる？　お国を守る聖女さまも……もういなくなっちゃったんだって。だから希望なんてないんだ。どうせボクらも、みんな堕っこちちゃうんだから」

「そっ――そんなことないよ！　生きてさえいれば、いくらだって希望は――」

「じゃあどうしてこんな目に遭うの？　《神罰》《オルテマ》は女神さまの怒りなんでしょ。だから、悪い人のところに堕ちるんだよね。女神さまも、潰したいくらいボクのことが嫌いなんだ――」

わたしは強く否定したかった。

でも、いくら言葉で励ましたって、彼女には響かないことに気づいてしまった。

「無駄だよ。どうせ生きてたって……もう、帰る場所だってない。パパとママのところに逝けるなら……それでもいい」

少女の両手には手編みの赤ずきんが大事そうに握られていた。

これが……今のフォルトゥナ王国の現状なんだ。

(わたしは──わたしは何をしてるんだ。逃げてる場合じゃないでしょう。わたしの魔法は防護と回復──隣人に分け与えるためにあるんだから──)

わたしは、大切なことに気づかされたようでハッとした。

「……ねえ、君。名前──教えてくれる?」

「……ノキア」

「ノキアちゃんね。わたしはサラ」

偽名を名乗る気すら起きなかった。

わたしは手のひらを少女の胸元へあて、治癒の波動を拡散させる。

「──じっとしててね」

「──────」

少女の全身を覆う白魔法の光。

わたしの魔法は、痩せこけたノキアちゃんの体調をみるみるうちに回復させた。

「え──あ……なに、これ。急に元気に……」

「ううん、まだだよ。ありがとうね──おかげでわたし、大事なことを思い出せた」

それは聖職者の本分。施しの精神だ。

わたしはすくっと立ち上がって、真っ平らに潰された彼女の家──その残骸の前に立つ。

「ごめんなさい。そこを一旦退いてもらえますか、賢者さま」

「……何をする気だ」

「仕事をします」

サラ・ツァイトブロームの為《な》すべきことは──いつだってひとつしかない。

「潰させない。堕とさせない。大丈夫だよ、ノキア。わたしがフォルトゥナを守るから
──見てて」

「え……？」

わたしは自分にも言い聞かせた。もう、どんなトラウマがよぎろうと逃げない。

「魔法陣展開──月光円」

カナリア色の光芒《こうぼう》が円を描く。それから、三日月を象《かたど》るように輝きを放った。

「光よ癒やせ──三日月の祝福《クレセント・シャワー》！」

「────」

治癒の波動が前方へと降り注ぐ。

すると、圧潰した跡地から木材が再生していき、民家は元の形を取り戻した。

「え――え……？　なんで、どうして⁉　ボクのお家《うち》が――」

「……こんなところかな。失った人たちは取り返せないけど――せめて、居場所くらいは」

「ぺしゃんこのお家が直っちゃった……すごい。聖女さまみたい！」

「ありがとう。ふふ……これがわたしの仕事だから」

「ってことは――サラって、もしかして……！」

ノキアの瞳に生気がよみがえったのを見て、わたしも自らの誇りを取り戻す。

聖女の《光》は女神さまの《光》。あらゆる物象を守り癒やす、王国最高峰の白魔法。

そしてわたしの《月光円》は――月相《ムーンフェイズ》を変形させることで、様々な術式を使い分けることができるのだ。

「やれやれ。姿を忍ばせると言っていたのは誰だったかねえ」

「うぐ……それでも譲れぬものはあるのです！　隣人を想《おも》え――女神さまの教えに背いては聖女の名折れですから！」

――これだからきみはイノシシなんだ。

言われてないけど目線だけで言われた気になったので、なんとなくこっちも睨《にら》み返《かえ》す。

そして、できれば穏便に済ませて立ち去りたかったが……

「――白魔法の光が見えたぞ！　こっちだ、集まれ！」

わたしの魔法は強烈な輝きを放つためとても派手だ。

目立った結果、わたしの存在はあっさりと見つかってしまう。

「やはり聖女だ！　聖女がいたぞぉっ！」

「衛兵隊結集――捕縛にかかれッ！」

乱暴な足音が響いてきた。

近くの広場まで小走りで移動するも、面した四方の路地から騎士や衛兵がわらわらと集まってくる。

「っ……完全にバレてしまいましたね。こんなに集まってくるなんて」

「サ、サラ……？　大丈夫……？」

「うん。平気だよ。ノキアは――早くここから立ち去って。わたしのことは忘れていいから」

〝堕天の聖女〟の仲間だなんて思われたら、どんな火の粉が降りかかるかわからない。

「驚いたぜ聖女さんよ。報告じゃ東の果てにいたと聞いたが……まさか王都のど真ん中にご帰還とは大した度胸だ」

「ええ……懐かしい気持ちになりましたよ」

「フッ。だが、姿を見せたからにはどうなるか――わかってるんだろうな？」

甲冑《かっちゅう》姿の騎士たちが、揃《そろ》ってこちらに剣先を構えた。

「我ら王宮直属・第一魔導騎士団。聖女ツァイトブロームよ――国家反逆罪により、貴様を王宮へ連行する」

（第一魔導騎士団――王国の粋を集めた魔法と剣技のエキスパートたち。それも、全員が魔法陣持ち……！）

式の集合体である魔法陣は、ごく限られた人間にしか会得できない。

彼らのように全員が陣を持つ部隊は――名実ともに精鋭中の精鋭だった。

じりじりとした緊張感が張り詰めるなか、騒ぎを聞きつけた市民たちも鎌やクワを携えて集まってきた。

「聖女がいたぞ――全部の元凶だ！　火あぶりにしちまえ！」

「そうだ！　隣の男もどうせ聖女に籠絡《ろうらく》された手下だろう、磔《はりつけ》にしろォ！」

「っ……」

恨みつらみの大合唱が広場に轟《とどろ》く。

王都を追い出されてからの逃亡の日々が、色鮮やかによみがえった。

「ブランドンおじさん……いつかは、奥さまのご病気を治したこともありましたのに」

「う……うるさい！　黙れ！　おまえがまともな聖女なら王国は平和だったんだ！」

「それは……」

確かに元凶はわたしではない。

だがそれでも、一切の責任がないとは思わなかった。

わたしがもう少し利口だったなら、王子さまの暴挙も防げたかもしれないと――

「――聖女」

「！　……はい」

「こんな連中の戯言《たわごと》にいちいち耳を貸すな――やかましい小バエの羽音よりは、きみの祈りのほうがまだマシというものだよ」

「だっ……誰が小バエの羽音だと⁉」

（賢者さま――）

目線も合わせずかけてくれたその言葉に、わたしは吹っ切れた気になった。

「……そうですね。自分が正しいと信じているなら、卑屈になっちゃいけませんよね」

広場に築かれた包囲網。

これは、避けて通れぬ相手というやつだ。

こんな時――どうすればいいと彼は言っていたっけ？

「賢者さま」

「なんだ」

わたしは賢者さまに目線をやって、指を一本立てた。彼は二本の指で答えた。

「一分でいけますか」

「二秒で事足りる」

瞬間――《時》の焔《ほむら》が、広場の中心から燃え盛った。

「時よ燃やせ――わななく烈火《クロノパティナ》」

「――ッ――な――ぁっ――⁉」

轟々《ごうごう》と音を立てて広がる漆黒の烈火！

炎の波はたちまち燃え広がり、対峙《たいじ》していた騎士たちの装備をズタボロになるまで劣化させる。

「光よ――守れ――‼」

一方で――わたしは広場一帯にドーム状の結界を展開する。市民の皆さんを巻きこんでしまわぬように。

――ここまで、きっかり二秒。

「な……なんだあの魔法は……⁉」

「剣が錆《さ》びついていく――おい、火器はどうした⁉」

「ダメです――弾も火薬も傷んで使い物になりません……！」

時の烈火は熱くもなければ火傷《やけど》もなかった。

ただ焼かれた範囲はことごとく朽ちて、くたびれていく。

向かいにそびえる黄金の時計台だけが劣化に抗《あらが》っていた。

「血は見たくないそうなんでな。悪いが、数年分は抉《えぐ》らせてもらうぞ」

「な──ぐあァッ⁉」

時よ刻め──《時》の刃が彼らを襲う。

その斬撃が生じさせる切創はすべて、歴戦の轍《わだち》を思わせるような古傷で。

「さて、王宮直属のエリート騎士諸君。〝宝珠〟をどこへやったか知らないか？」

「だ、誰が貴様なんかに教えるものか──！」

「これでも？」

トン、と賢者さまが騎士の額を小突く。

「──っ、あ……う……わ、わかった。なんてしつこいやつだ。もう勘弁してくれ。宝珠なら王子が玉座の間に保管している！」

（！　しめた──玉座の間。その情報さえ引き出せれば十分です──！）

額を小突かれた騎士はなぜかくたくたに憔悴《しょうすい》しきっていた。

もしかすると、一瞬のうちに何千回か問いかけられたのかもしれない。

「な、何が起こってるの……⁉　ねえサラ、これって──」

「ノキア──こっちに来て！　巻き込まれないように！　賢者さま、もう十分です！　後はなるべく事を荒立てず穏便に──」

「知らん。私を手下呼ばわりした罪は重いぞ、気の済むまで遊んでやる」

「そんな細かいことどうでもいいですから～～っ‼」

荒れ狂う時流にさらされ、石畳に描かれた六角模様さえまっさらに摩耗していた。

未曾有《みぞう》のパニックを前に、騎士団の皆さんも矢も盾もたまらず逃げ出していく。

「退却だ――ガスパール様に報告しろ――！」

「っ……今のうちです。わたし達も逃げましょう――こちらへ！」

わたし達は反発し合うかのように、お互いその場を後にした……。

＊

広場で大立ち回りを演じたわたし達は地下の廃聖堂へと逃げ込んだ。

今はとうに使われていない施設で、入り口は一部の聖職者しか知らない。

賢者さまの《時》魔法のおかげで、目にも留まらぬ速さで追っ手を撒《ま》くことができた。

「ふう、ふう……ここまで来ればなんとか」

上からドタドタと足音が響く。

聖女はどこへ逃げた――と、がなる声までうっすら聞こえた。

「ちっ……なぜこんな陰気臭いところに」

「うん。ちょっと臭うかも」

「ごめんなさ――って、どうしてノキアまでついてきちゃったの……!?」

ぶーたれる賢者さまの隣にひっついていたのは、今しがた助けたばかりの赤ずきんの少女――ノキアだった。

「一緒にいたから。ボクらの周りだけ時間が止まってて、楽しかった」

「そ、そうかもしれないけど。聖女《わたし》の噂は知ってるんでしょう？　一緒にいたらノキアまで危ない目に遭っちゃう」

「うん。確かにみんな……聖女さまのこと悪者だって言ってた。でも。ボクは噂より、現実にボクを助けてくれたサラのことを信じたい」

「ノキア……」

今のわたしでも信じてくれるその純真な瞳が、心に響く。

「別によかろう。そもそもの原因はきみが人目もはばからず白魔法を発動したことだ。どうせ守るしか能がないのだから、せいぜい危ない目とやらも防げば良い」

「そりゃ頑張りますけど……賢者さまも手伝ってくださいよ」

「ふふ。でも、サラにも味方がいてよかった。けんじゃさまは、優しいんだね」

「その通り。このイノシシ女を導いてやろうという、天下唯一の慈悲深き存在だよ」

「…………」

色々と言いたいことはあるが――ともかく。

「こうも存在がバレてしまった今……わたし達の使命《クエスト》に残された手はひとつ。すなわち、アラドバル王城へ侵入し――呪われた宝珠を奪還することです！」

「お～。なんかすごそう」

「ま、そいつが手っ取り早いね」

わたしはノキアにもこれまでの事情を簡潔に説明した。

元凶である『呪い』を暴いたこと、かえってわたしが〝聖女狩り〟により追われるようになってしまったこと……。

「ひどい……王子さまがホントの悪者だったなんて！」

「わたしも最初は信じられなかったけど」

あの騎士は宝珠の在《あ》り処《か》を「玉座の間」と言っていた。

場合によっては王子さまとぶつかることもあるだろう。これ以上ない直接対決だ。

「あ、でもひとつ聞いていい？」

「うん。何？」

「そもそもどうやってその——宝珠？　は、フォルトゥナを浮かせてるの？」

「……その説明が必要だね。一度、整理もかねて始めから話すとしましょうか」

わたしは日曜日の教会で説法していた頃を思い出して、語り始めた……。

＊

二千年前——女神さまは地上の争いから解き放つべく、フォルトゥナを空へと浮かべた。
また女神さまは平和な空の国を創成するにあたって、三つの秘宝を用いたという。

王国を蒼穹《そうきゅう》へ浮かべし核心――《天空》の宝珠メルスフィア。
母なる地を断った黄金の刃――《大地》の聖剣レグナディアアリ。
大空の災禍を射貫《いぬ》きし一矢――《境界》の神弓《しんきゅう》ギルガル＝バエナ。

三大遺宝と呼ばれるものだ。これらはフォルトゥナを支え続けてきた伝説の宝として、今も崇《あが》められている。

そのうち唯一現存が確認されているのが《天空》の宝珠メルスフィア。

宝珠は代々、聖メフィリム教会によって管理されてきた。神聖な台座に嵌《は》められた白銀色の輝石は、二千年にわたってフォルトゥナ全土に《天》の加護を行き渡らせ、安定した浮遊をもたらしてきたとされる。

そして女神さまの遺宝は何人《なんぴと》にも傷つけられないとされた。

事実、宝珠はいかなる武具を用いても壊れず、また持ち去られても元の台座へ戻っていく性質を持っていた。

だからこそ、王国の浮遊と安寧は、永きにわたり保証されているはずだった……。

＊

「――っていうわけなんだ。ほら、見て」

わたしは廃聖堂に残された女神さまの石像を指した。

「玉と、剣と、弓がある。どの像もこれと同じだよね」

「うん。この三種の遺宝こそが、女神さまを示す象徴《アトリビュート》だから」

亜麻服を着た女神さまの像は、各地に点在している王国のシンボルだ。

そんな女神像は決まって右手には聖剣を、左手には神弓を、首飾りには宝珠をあしらった姿で造形される。

「ちなみに……当時を知る賢者さまから見てどうですか？」

「正確に再現されているよ。忌々しいほどにね」

「そっか。賢者さまは大昔の人だからわかるんだ……すごいなあ」

これに関してはわたしも未《いま》だに現実味がない。

女神さまのお姿なんて、どこまでも想像上のものにすぎないと思っていたからだ。

「んー、よく見ると……女神さまのお顔ってちょっとサラに似てるかも」

「あはは。よく言われる」

聖女としてのちょっとした自慢だった。

わたしに対する賢者さまの当たりが強いのは、そのへんも関係してたりして？

「神弓？　はどんな効果があったの？」

「うん。女神さまは……王国を浮かべたあと、自分は地上に残ったの。それから大空へ向けて一本の矢を射《う》った。その矢は、天空にあったすべての災厄を貫いて滅ぼしたんだって」

「す、すごすぎるね……」

「ね。でも、そういうわけだから神弓本体はフォルトゥナに残ってないんだ」

女神さまの遺宝は何人にも傷つけられない――

その大原則に対してガスパール王子は抜け道を見出した。

それこそが、傷つけることなく内部から崩壊を起こす、呪いだった。

「ここまで大変でしたけど……こうしてお二人に出会えたのは大きな幸運です。これもやはり、わたしが《月光》の聖女ゆえでしょうか」

「……？　なんで？」

「ふふん。ツキがあるってことですよ！！！」

地下がさらに静まり返った。

ノキアにすらドン引きされて、賢者さまはすごい形相で睨んでくる――

その時だった。


「相変わらず――ジョークのセンスは壊滅的ね。サラ？」

わたし達の誰でもない声。

新手の敵か――と思い身構えるも、声の先にいたのは見知った修道服の女の子だった。

「アニマ……!?」

「ふふ――久しぶりね。修道院以来かしら？」

わたしの無二の親友にして幼なじみ――アニマだった。

「よかった――無事だったんですね……！」

「それはこちらの台詞《せりふ》よ、サラ。あんなお触れがあったのに、よく生き延びていられたわね」

「あはは……何度もピンチになりましたけど」

アニマは生きていた。

最果ての崖っぷちに追い詰められたあの時――わたしは、これまでの人生を回想するとともに、アニマまでもぐしゃりと潰される様を幻視していた。

あれが単なる杞憂《きゆう》で済んだことに、ほっと胸を撫《な》で下《お》ろす。

「それにしても――アニマ、一体どうしてここに……？」

「騒ぎがあったから、もしかしてと思って。私も〝聖女狩り〟に関しては情報収集をしていたのよ」

「シスターさん……サラの知り合い？」

「うん。幼なじみのアニマだよ」

わたしとアニマは幼い頃からずっと一緒に修道院で生活してきた仲だ。

貴族のお嬢様育ちだった彼女だが、ともに七十九代目の聖女候補に数えられていた。

「紹介するね。こっちがさっき知り合ったばかりのノキア、こちらがわたしを助けてくれた《時》の賢者さま」

「へえ、時の賢者さま――って、神話の……!?」

「はい」

「はいって……何がどうしてそうなったの？　そもそも賢者さまは大昔の人物じゃ……？」

「さっき言った〝ピンチ〟の際に――彼が助けてくれたんです。まるで女神さまの思《おぼ》し召《め》しのように……」

「勝手な解釈をするな。たまたまだと言ったろう。ここまで付き合ってやる義理もなかったが――なんでもすると抜かすのでね。契約に基づいて同行しているだけだ」

わたしと賢者さまのやり取りを見て、ますます訝《いぶか》しげになったアニマはそっと耳打ちしてきた。

（なんでもするって……え、そうやって口説いたの？）

（別にやましい話じゃないですよ？）

アニマは最後までしきりに首を傾《かし》げていたが、そういうものとして飲み込んでもらった。

ともかく。

「アニマは――どうやってここまで来たのです？　急に目の前に現れたような」

「あら。会わないうちに、私の魔法を忘れてしまったかしら？」

「あっ……《大地》の魔法ですね！」

「ええ。少々、地面をすり抜けてきたのよ」

「そんなことができるんだ。魔法が使えるって、すごいなあ」

地下廃聖堂の天井には琥珀《こはく》色の魔法陣が浮かんでいた。

彼女は《大地》の魔法使い――街路と地下道を移動するくらい、わけなくやってのけるだろう。

「サラに会えてよかった。ガスパール王子の墜落計画は、すでに最終局面を迎えているわ」

「やはり……アニマも摑《つか》んでいたんですね」

「ええ。サラ、街に戻ってきて、魔導船《ふね》がたくさん飛んでいるのに気づかなかった？」

「そういえば……前より多く見かけたような」

古い時代、船というのは主に海を渡るものだったと聞く。

しかし海のない現代において、船とはもっぱら空を泳ぐ乗り物を指す。

「あれらは王子さまが造船庁に命じて増産させたものよ。自分と、それから配下の騎士たちが乗り込めるように」

「船をたくさん……？　なんで？」とノキア。

「もしや――脱出用ですか」

「恐らく」

王国が堕ちれば王子たちもただでは済まない。

どのようにして生き延びるつもりなのかと思っていたが……自分たちだけ飛行船に乗ることで衝撃を回避するつもりのようだ。

「ずるい！　自分たちだけ助かろうなんて……」

「ええ。他の民を見殺しにしようだなんて、悪魔の所業です。女神さま、どうか助けを……」

救済の祈りを捧げようとする――と、アニマに制止された。賢者さまではなく、だ。

「――祈ってはダメ。サラ」

「え……？　ど、どうしてです」

「祈りが利用されているからよ」

「祈りが――？　どういうことです……⁉」

「今の王都には――人々の祈りを魔力《マナ》に転換し、吸い上げる機構が備わっているの。それが呪いの原動力になっているのよ」

「なんですって……⁉　で、でも、どこに一体そんな仕掛けが――」

「それはね――」

と、アニマが口にしかけた時……

「――街だな」賢者さまが口を挟んだ。

「街……？」

「ああ。この街のデザインは至って不自然だ」

「不自然、と申しますと……何がでしょう？」

「例えば――あの悪趣味な時計台」

「……『黄金の時計台』のことですか」

正門から街に入った際も、広場で戦った際も目にした王都のランドマークだった。

「ああ。なぜアレはそこかしこに建っているんだ？」

「あれは確か――アラドバル遷都の記念に王子さまが建てさせたもののはずです。王都八区に一基ずつ、繁栄の印にって」

「現代じゃ黄金は有り余っているのか？」

「いや、全然……」

むしろ限りある国土しかないため、昔より希少とされている。

「あの時計台はボクもあんまり好きじゃないな。嫌味みたいで」

「でも、いくら悪趣味だからって……」

「不自然なのは趣味でなくその配置だ。各区に建てられた時計台を結ぶと――巨大な八芒星が浮かび上がる。そして石畳にもまた、それら支点を結ぶように紋様が走っている」

「え……ほ、本当ですか？」

「――その通りです。地政学的なものと思われていましたが」

アニマは手元から王都のマップを取り出して、時計台の位置を結んでみせた。

言われてみれば……王家の八芒星紋様にそっくりだ。

「あれらのデザインは決して美観のためではない。支点を結んでタイルの紋様を走らせ、ひとつの陣形を描くためだ」

「！　それって、つまり……」

「王都全域が――ガスパール王子さまの魔法陣を描いている……？」

なんて大胆な仕掛けだろうか。一体いつから、王子さまはこのことを目論《もくろ》んでいたのか。

そして賢者さまの観察眼にも舌を巻く。彼はただふらふらしていたのではなく、街の景観にまで目を光らせていたのだ。

「賢者さまの言う通りよ。この巨大魔法陣は、上に立つ人々の祈りを魔力《マナ》として吸い上げる仕組みになっているの」

「じゃあ――今まで〝呪い〟を動かしていたのも、皆さんの祈りの力ってことに……」

「ボクらまで利用されてたなんて……」

あまりにふてぶてしく、許しがたい事実だった。

「ふ。なんとも皮肉なカラクリじゃないか。救いを求めて祈るほどに、破滅が近づいてくるとは。ねえ聖女？」

「うぐ……わ、悪いのはわたしではありません。人々の心さえ利用しようとする王子さまの心根です！」

しかしこれで、彼の本当の思惑も明らかになった。

「だから王子さまは――明日の祝祭を待っているんですね」

「ええ。明日は建国記念日――一年の中で最も多くの人々が祈りを捧げる夜。その想いは、ことごとく呪いに転用されてしまうわ」

もし、すでに高まった宝珠の呪いに、それだけの祈りが合わさってしまったら？

各地の烈震や《神罰《オルテマ》》はさらに激化し……フォルトゥナ王国は墜落してしまいかねない。

王国の浮かんだ記念すべき日が、終焉《しゅうえん》の日になってしまうということだ。

「……だからお願い、サラ。あなたに懸けるわ」

「ボクも。魔法は使えないけど――何かできることがあるなら、戦いたい」

「二人とも……ありがとう！」

これで仲間は四人。

王家に比べれば少なすぎる軍勢だけど、孤独な逃亡生活を思えば百人力だ。

「とはいえ……あの堅牢《けんろう》なアラドバル城に侵入するのは骨が折れそうね。私も立場上、表立って協力はできないし……」

「心配いりませんよ。何せこちらには――あの賢者さまがついていてくださるんですから！　ね？」

――ガタ………。

「……？　あれ、賢者さま。どちらへ？」

ふらりと、当の賢者さまがローブをなびかせて背を向けた。

「用ができた。後はきみに任せる」

「わかりま――って、ええええっ⁉　そんな無責任な⁉」

　いきなりとんでもないことを言い出した。

　これから一丸になって頑張ろうというところなのに。

「わたし達だけではとても――賢者さまのお力は作戦決行にも不可欠なんですけど――！」

「これを貸す」

　何かを放り投げられた。慌ててキャッチすると、それは銀色に流れる砂時計だった。

「これ――って、砂時計……？」

「私の代わりくらいには役に立つだろう。私はそろそろ、こんな辛気臭い場所から退散させてもらうとする」

「そ、そんなマイペースな――というか、わたし達の契約としてもですね……！」

　わたしの訴えには耳も貸さず、賢者さまは背を向けて行ってしまう。

　その折、最後に一瞬だけ振り向いて――

「案ずるな。私には見えたよ――この事態の全容が。きみは、なすべき事をなすだけでいい」

　そんな、不安すぎる言葉を残して……本当に去ってしまう賢者さま。

　フォルトゥナ王国の命運は――祝祭《カルナヴァル》の夜に委ねられた。

女神メフィリムは王国を空へと浮かべた。

それと同時に、盟約を結んだはずの十賢者を封印に閉ざしてしまった。

「いつか貴様を殺す」

燃え上がる《時》の賢者の眼《め》を、女神は楽しげに眺めていた。

――旧フォルトゥナ神話第Ⅵ章Ⅱ節　建国ノ章・裏より

四月三十日——午後八時。

王都アラドバルの夜空には満月が浮かんでいた。

今宵《こよい》は記念すべき建国記念の日——ヴァルプルギス祭の当日だった。

「女神さま……どうか怒りをお鎮めください」

「フォルトゥナの民に救いを……」

この日、女神像には多くの民衆が集っていた。

彼らは決まってシラユリの花かんむりを飾り、祈りを捧《ささ》げていた。

シラユリの輪を掲げ、建国の奇蹟《きせき》を祝い踊れば、救いの天使が舞い降りん——そんな神話の一節に由来した風習である。

しかし今宵の様子は例年とやや違った。

そこには鳥笛を吹く子どもも、仮装を楽しむ行列もなかった。

なぜなら今日、王国の地は揺れに揺れていたからである。

王都も、それ以外も、度重なる《神罰《オルテマ》》とそれに伴う烈震に見舞われ、さらには破滅を予感させる落雷が至るところで轟《とどろ》いていた。

——女神さまはたいそうお怒りだ。

——もう、墜《お》ちるしかない。

諦めにも似た感傷のなか、人々は藁《わら》にもすがる想《おも》いで祈りを捧げていた。

そんな民衆を、王城のバルコニーから鼓舞する一人の男がいた。

「王都の諸君――安心されよ！　我は第一王子ガスパール・ザムザ。恥ずべき聖女は未《いま》だ行方をくらませ、諸君の不安も募っていることと思う。だが心配は要らない。我々が清く正しくあれば、女神の怒りもきっと解けるはずだ。さあ、共に祈りを捧げようではないか！」

ガスパールの精悍《せいかん》な立ち居振る舞いは、王都の民を奮い立たせた。

「さすがは王子さまね……」

「ええ。ガスパール王子がいてくれればきっと――」

演説をこなしつつ、彼はひとりほくそ笑む。

――よい祈りだ。

全ては彼の術中にあった。

宝珠メルスフィアに刻まれた呪印は、王都全域に描かれた魔法陣と同じ八芒星《はちぼうせい》の紋様をなしている。

よって、王都の人間が祈れば祈るほど、その魔力は連結式に吸い上げられ、宝珠の呪いがより強固なものになっていく。

その相関性を証明するかのように、またどこかで稲妻と《神罰《オルテマ》》が落ちた。

（終焉《しゅうえん》の音が聴こえる――あと少しだ。浮遊が揺らぎだしたなら、魔導船に乗り込んで王国の末路を見届けるとしよう――）

——ゴーン……ゴーン……ゴーン…………。

中央地区《セントラル》の時計台が九時を告げる鐘を鳴らす。

ガスパールは小一時間に及ぶ演説を切り上げると、小休止がてらに城内へ引っ込んだ。

そこへ衛兵の一人が駆けつける。

「——ガスパール王子。ご報告よろしいでしょうか」

「なんだ？」

「は。あえてお耳に入れるほどではないかもしれぬのですが……どうも夕方ごろから、王都の各区で〝世直しガール〟なるものの出没が報告されております」

「世直しガールだ……？　放っておけ、そんなわけのわからん輩《やから》は」

「いえ、それが——」

続く報告を聞いたガスパールは、血相を変えて叫んだ。

「王都魔法陣が——取り壊されている、だと……!?」

＊

王都アラドバル・西地区——

黄金の時計台には複数の衛兵が配備されていた。

「こちら西地区。異常なし」

「ふう……なんだって、祭りの日に時計台なんか警備しなくちゃならないんだ？」

「さあ。なんでも、例の王子さまの仕掛けなんだとよ」


——ゴーン……ゴーン……ゴーン…………。


時計台が鐘を鳴らす。

アラドバル八区のすべてに配置されたそれらは、王都魔法陣の支点として重要な役割を果たしていた。

「時計台には誰にも手を触れさせるな、とのことだ」

「ま、楽なもんだろ。せいぜい酔っ払いの相手でもしてりゃあ——」


——ドゴオオオオォォォォォン！！！


「……は？」

鐘が砕け散った。衛兵が目を離した、わずか一瞬の出来事だった。

「わわ……すごい威力。ただのパチンコなのにな」

その射手は近場の屋根上にいた。

赤ずきんをスカーフのように巻いた少女――ノキア・ハールナーだった。

「あそこのガキ――おまえの仕業か！　何者だ⁉」

「ボクはノキ――じゃなかった。正義の味方、世直しガールだ！」

少女の片手にはY字型の木の棒が握られていた。

その武器はいわゆるスリングショット――撃ち出した弾丸によって、鳴っていた鐘を跡形もなく破壊したのだった。

「街を破壊しといて何が世直しガールだ！　とっとと降りてこい！」

「ごめんごめん。ボクも申し訳ないんだけど……その時計台はなんか、魔法陣の大事なポイント？　らしくってさ」

眼下の衛兵たちへ語りかけながら、ノキアは次の弾丸を装填する。

(魔石は便利だな。ボクにも魔法が使えて)

弾の正体は魔石だった。

魔石とは――魔力が封入された原石のこと。

これにより、魔力回路を有さない人間にも、一時的な魔法の行使が可能となる。

「これも賢者さまの命令だから。悪く思わないでね――えい」

さらに放たれた次の特製弾は時計台本体へと命中し、奇怪な事態を引き起こした。

――ドロドロドロドロドロドロドロ…………！

「な――時計台が……溶けだした……⁉　おい、何がどうなってる――！」

時計台を形作っていた黄金は土泥のように溶けだし、やがてバラバラの金鉱石へと還《かえ》ってしまった。

精錬の逆工程を辿《たど》らせる、原材料への退化現象――《時》の回帰だ。

「今度は有用に使えって賢者さまが言ってた。じゃ」

「ま、待てこのガキ――！」

衛兵たちは総出でノキアを追った。

所詮は年端も行かぬ少女一人――すぐに捕らえられるだろうと彼らは踏んだ。が。

「いつの間にあんなところに……⁉　くそ、どうしてこんなにすばしっこいんだ！」

「あっかんベー。こっちだよーっと♪」

「このガキ――！」

衛兵たちが目を離した刹那、ノキアはすでに屋根から橋梁《きょうりょう》へと移動していた。

橋から噴水へ。噴水から市場へ。ぴゅんぴゅんと追っ手をかわしていく。

彼女はひと呼吸つくと、懐からあるものを取り出した。

「えっと……砂時計を──こう」

銀の砂時計をひっくり返す。

それと同時に衛兵たちの動きだけが止まり、再び彼らの距離は引き離される。

「き、消えたぞ⁉」

「またあんな遠くに──どんな手品だ⁉」

ようやく目の前にまで追い詰めた少女がなぜか正反対の屋根上へ。

衛兵たちの目に、ノキアの移動はもはや転移としか映らなかった。

（この調子で他の時計台も壊せば──王都魔法陣はかき消せる。サラ、後は頑張って
……！）

＊

王都アラドバル・中央地区《セントラル》・地下四m《ミュール》──

「…………」

ひっそりと息を押し殺す。

王都の真下に広がる地下道──薄暗い闇の中を、わたしは《光》魔法の明かりを頼りに歩いていた。

しばらくすると行き止まりへ到達してしまう。が──

「土よ、開け」

前方へ手をかざし──教えてもらった合言葉を口ずさむ。

すると、通路の壁面はたちまち変形し、わたしを奥へと誘うように道が伸びていった。

（《大地》の魔法……さすがですね。アニマにかかればお手の物ですか）

アニマの仕掛けた魔法によって地下通路は作り替えられていた。

直進していくだけで王城にまでたどり着けるという、今回の作戦専用ルートである。

（廃聖堂を出てから二十分……そろそろでしょうか）

わたしは表へ顔を出した。するとそこは、すでに王城の敷地内《しきち》──裏庭だった。

「正門から応援要請──なんでだ？」

「例の世直しガールとかいう奴《やつ》だよ。えらくすばしっこくて、王子さまがお冠なんだとさ」

「ったく……祭りの日にトラブルはつきものだな」

衛兵たちが駆け足で持ち場を離れていく。

わたしはすっかり人気《ひとけ》がなくなったのを確認してから、身を乗り上げた。

（ふう……ここまでは作戦通り。ですね）

ノキアの陽動によって城から護衛を追い払うことに成功した。

だが、門番がいなくなっても安全とは言えない。

王城の全域は、王家お抱えの大魔導師たちのテリトリー。常に十重二十重《とえはたえ》の魔法結界が張り巡らされているからだ。

よって——

（光よ欺《あざむ》け——朧の霞《レゾナント》）

《月光円》の月相《ムーンフェイズ》を変形させる。

真円の光が徐々に輪郭を失い、湖へ映したように滲《にじ》んだ。

その魔法はわたしの姿を朧《おぼろ》のように霞《かす》ませて、探知の網をすり抜けさせる。

（よし——まず王城への侵入は成功です）


アラドバル王城の内装は外観に違わず華美である。

調度品はいずれも黄金で彩られ、大理石の廊下が果てしなく続く。

裏口から侵入したわたしは、レッドカーペットを避けるようにしてまず物置きへ潜んだ。

（宝珠が納められている玉座の間はここの最上階——隠れて昇っていくしかありませんね）

物陰から物陰へ、密偵のように奥へ進んでいくわたし。すると。

「ん——なんだ？　そこに誰かいるのか？」

（っ——こっちにも人が——）

城内を守る衛兵たちがこちらに気づいた。

だが、彼らのいる細廊下《コリドー》を突っ切らなくては先に進めない。よって——

（力をお借りしますよ——賢者さま）

わたしは、砂時計をひっくり返す。

すると――こちらに向かってきていた衛兵二名の動きがピタリと止まった。

（今です――！）

小走りで彼らの間を駆け抜け、次の廊下まで渡った時点で砂時計を元に戻す。

追っ手は――なかった。

（……うまくいきましたか）

『時の魔具だ。砂がこぼれ落ちている間のみ、持ち主以外の時間の流れが三百分の一ほどに停滞する。ただし上限は計三分』

賢者さまの説明を思い出す。

この砂時計は、ひっくり返すことで周囲の時の流れを遅らせてくれる。

よって今の衛兵たちも、わたしを一瞬の残像としか捉えられなかったはずだ。

（にしても……当の賢者さまはどうしてしまったんでしょう？）

結局、あれから彼との接触は一切なかった。

この砂時計さえあれば作戦には十分――という見立てだろうか。それはそれで、ずいぶんわたしの腕を信頼してくれているような。

──ゴゴゴゴゴゴゴゴゴゴ…………。

（烈震──それに落雷……終わりの時が近づいていますね）

廊下の窓から天に座す満月を見上げる。

この日を待ったもうひとつの理由──それは、枯渇しきっていたわたしの魔力《マナ》の回復のためだ。

（わたしの《月光円》にとって、満月は魔力《マナ》を満たす絶好の機。今なら──どんな呪いだって癒やせるはずです。宝珠のもとへたどり着くことさえできれば……！）

＊

そこからも「砂時計」の力を借りながらわたしは上へ、上へと進んだ。

そして、四階へ至る螺旋《らせん》階段を昇りきったところ……

（砂がそろそろ切れそうですね……節約しないと）

砂時計の天地を戻すと周囲の時流も元通りになった。だが、使った砂は戻らなかった。

そこへ……

「む──聖女!?　なぜここに──！」

「っとと……さっそく見つかってしまいましたか」

開けた回廊で衛兵たちと遭遇した。

敵は四、五人……さっそく臨戦態勢へ移行してくる。

「王子の厳命が下っている。命に代えても止めさせてもらう」

「あなた達《たち》は騙《だま》されています。その王子さまこそ、呪いの主なのですよ！」

「惑わされるな！　相手の動きを止める妙な術も使うらしい、気をつけろ！」

「炎よ射ろ――！」

一応説得を試みたが、やはり無駄だった。

彼らはそれぞれ魔法式を唱え、こちらに攻撃を仕掛けてくる！

「残念ですが――今のわたしには止まって見えます」

「！　馬鹿な、消えっ……どこだ⁉」

一瞬だけ砂時計を傾けて避《よ》ける。

どんな高速の炎弾であろうと、こうなったわたしには文字通り止まって見えるのだった。

「瞬間移動か――？　逃がすな――空間ごと一掃しろ！」

「なるほど」

わたしの姿を追うのは諦めてか、今度は広範囲の爆炎がこちらを襲った。

だが、避けきれない攻撃に対しては――聖女の本領を発揮するだけだ。

「光よ守れ――上弦《ルナ・アーク》の結界！」

彼我《ひが》を隔てる光の結界──撃ち込まれた魔法のすべてを弾《はじ》き返《かえ》す。

「ぐっ──尋常じゃない硬さ……！」

「今宵は満月ですから。魔法使いの魔力《マナ》は環境にも依存する──当然ご存知ですよね……！」

「ハッ──びびることはない！　壁を展開するだけじゃ、奴はこの先に進めない──！」

「ふふ。誰が──自分を守る壁だと言いました？」

展開した上弦の結界《ルナ・アーク》を縮めていく。

それはやがて、通路の脇だけを抑え込むバリアーとなった。

「⁉　な──おい、出られないぞ！」

「しばらくそこでおとなしくしていてください──！」

大廊下を抜けて最上階へ向かう。同時に、足を奪う強烈な烈震が城を襲った。

──ゴゴゴゴゴゴゴゴゴゴゴ…………！！

「っ……いよいよまずそうですね……！」

人々の祈りがますます集まり、そして呪いも強まっている。限界が近づいていた。

そして、わたしはいよいよ最上階の大広間へ達するも──

「──聖女だ！　聖女が王城に乗り込んできたぞ！」

「飛んで火に入る夏の虫だ――捕らえろ！」

衛兵たちによる待ち伏せに遭う。明らかに手練《てだ》れの集団だ。

（残りの砂は十数秒程度――うまく使って突破するしかありません！）

「颪よ逆巻け――！」「炎よ焦がせ――！」

「っ、く――⁉」

躊躇《ちゅうちょ》なき魔法の連撃がわたしを襲う。

これを返している余裕はない――なんとか結界で凌《しの》いでから、遅滞《ディレイ》をかけて突破するしかない。

と、その時――

「甘い――捕らえたぞ――！」

（っ、まずい――⁉）

避けて通ろうとした瞬間、うっかり肩と肩が触れてしまった――すると。

「がっ――ぐおおおおぉぉっ⁉」

「へ？」

わたしとすれ違った甲冑《かっちゅう》の大男が――派手に壁まで吹き飛んでいった。

「⁉ コーディは衛兵隊一の巨漢だぞ、なぜ聖女のタックルごときで吹き飛ぶ――⁉」

「わ、わたしも驚きなんですけど……⁉」

今、わたしも全く力を込めたわけじゃなかった。ただ肩同士ぶつかってしまっただけだ。

（これはもしかして……やってしまったかもしれません）

砂時計と共に賢者さまが残していった言葉を思い出す——

『時の流れとは相対的なものだ。周りを遅らせれば遅らせるほど、きみ自身の動きは実質的に加速する。よって三百分の一秒にまで停滞《ディレイ》させられた相手にとっては——きみの非力な小突きであっても、稲妻の速度で貫かれたに等しくなる』

「くたばれ聖——うおおおおっ⁉」

「ああ……言わんこっちゃない。近づかないほうが賢明ですよ」

ちょん、と人差し指で甲冑をつついた。それだけで屈強な衛兵が弾け飛んでいく。

「ば……化け物か⁉　聖女のくせにどれほど鍛えているというんだ……！」

「鍛えたわけじゃないんですけれども……」

時間の相対差による物理作用。これを封印していたのは、何も忘れていたからではない。

さらに賢者さまの教えが頭をよぎった。

『ゆえにわかるな？　手っ取り早く突き進みたいのなら——殴れ』

（いやいや……わたしは暴力反対、清らかなる聖女なんですけど）

彼の教えはわたしにとって禁断の一手だった。とはいえ、もはや砂の残量もない。

申し訳ありません女神さま。わたし、今夜ばかりは鬼になります。

「先に謝っておきますよ……ごめんなさいっ！」

「生身でここを通る気か――舐《な》めるなよ――！」

「効きませんよ――あなた達の攻撃は一旦止めてから、こうですっ！」

「む――ぐわああああああああっ⁉」

迫りくる剣も槍《やり》も、追い払っては打ち返す。自分が巨象になったかのような気分だった。

「暴力は反対ですが――今だけは平和のため仕方ありません！　邪魔する方には容赦なく聖女ビンタを食らわせちゃいますからね！」

絶え間ない烈震のなか、わたしは最上階目がけて突き進んでいった。

＊

姉さんは、村のみんなから認められていなかった。

『いい、サラ？　魔法はね――みんなのためにあるものなのよ』

わたし達《たち》姉妹の住んでいた村はど辺境にあった。

泉もない干ばつ地域で、魔力《マナ》の地脈も薄く、色んな天災が相次いで襲う。

あまりの不遇さから――女神さまに愛されぬ地、なんて呼ばれていた。

そんな村で、白魔法を使える姉さんは救世主のような存在だった。

村人みんなに頼られていた。何より自慢の姉だった。


けれど。

いつしか姉さんは修道女《シスター》となって、村を出ていってしまった。

『どうして——って？　だって……村の外には、もっと困っている人がいるかもしれないじゃない』

だから、姉さんはあまり認められていなかった。陰口を何度も聞くようになった。

村人たちからすれば、自分たちの故郷を裏切られたような気持ちになったのだろう。

だからってわたしの姉さんへの愛は揺るがなかった。

たまに帰ってきた姉さんから、風船キャラメルをもらうのが何よりの楽しみだった。


そんな。

かけがえない姉妹の仲は——ある日、気まぐれな天災によって終わりを告げた。

《神罰《オルテマ》》が堕ちた。小川へ水汲《みずく》みに行っていたわたし達のもとに。

本当ならわたしが潰されていたはずだった。でも、影に覆われたわたしを、すかさず姉さんが身を挺《てい》して突き飛ばした。

思えばあの時からだ。《神罰《オルテマ》》が女神さまの怒りだなんて信じなくなったのは。

姉さんが亡くなってわかったことがあった。

姉さんがいない間もずっと、村には豊穣《ほうじょう》の祝福がかけられていた。姉さんは村を見捨てていったわけじゃなかったのだ。

この時になって初めて、村人たちは姉さんの死を悼《いた》んだ。

たくさん謝られた。けど、もうどうでもよかった。彼女が戻ってくることはないのだから。


わたしにはずっと謎だった。

どうして姉さんは、村のみんなに自分の功績を伝えなかったんだろう?

姉さんの残した聖書を毎日読みふけるうち、わたしはそれに気づいた。

『隣人を想え』——そんな女神さまの教えが、ただ心根に染みついていただけなのだと。

わたしは決意した。村を出る時、改めてみんなに言ってやった。

「わたしは聖女になる。だから、みんなのことも、ゆるしてやる」

姉さんみたいになりたいと願った。

どんな隣人だって救うと誓った。

幸いなことに、白魔法の才は妹《わたし》にも受け継がれていた。

修道院で五年に及ぶ修行と巡礼を修め、やがてわたしは聖女に選ばれた。

誰も手のひらからこぼさぬように——わたしは女神さまの教えを忠実に守り続けた。

いつからかわたしは、信じることで救われるなんて思うようになっていた。

でも、違った。それは危うい考えだった。

『祈るだなんて時間の無駄だよ——』

そう——ただ祈るだけでは、諦めているのと同じ。

過酷な現実に立ち向かうには、手を汚さなくちゃならない時だってある。

だからわたしは——どんなに醜くたって、最後までもがき、立ち向かうと決めたのだ。

＊

「着いた——！」

王城の最上階・玉座の間に到達した。

広大かつ荘厳な空間に、円窓《オクルス》と呼ばれる天井のガラスから一筋の月光が差し込んでいる。

そんな月明かりに照らされるようにして、半透明の球石が台座に嵌《は》められていた。

「宝珠メルスフィア……！　なんとか間に合いました――」

駆け寄るわたし。しかし――

「ッ……なんて、禍々《まがまが》しい瘴気《しょうき》でしょうか……！」

呪いに侵されきった宝珠の輝きは、今にも消えそうなほど儚げだった。

表面にはひび割れが走り、その中心で忌々しく八芒星が瞬いている。

「ですが……わたしが来たからにはもう大丈夫。ただちに癒やしてさしあげます――！」

わたしの名誉なんて回復しなくたっていい。

隣人を想う。誰もがそういられたなら、世界はひとつに繋がるって思えるから――

（わたしは絶対に……王国に生きるすべての隣人を、助けるんだ！）

その時――左手の中指に嵌めた指輪が、月明かりを反射して瞬いた。

この指輪は姉さんの形見。わたしには、なんだか姉さんが語りかけてくれたように思えた。

「天に宿りし月輪《がちりん》よ、聖なる我が祈りに応え、祝福の兆しをここに灯《とも》さん――」

祈る。詠《うた》う。陣を描く。

鏡――燭台《しょくだい》――あらゆる光源から《光》のマナを結集させ、一体に練り上げた！

「壮麗なる光よ癒やせ――果てなき天満月の祝福《フルムーン・セレスティアータ》！」

「この身がどうなろうと構いません――だからお願い――治ってッ――!!」

人生最大の白魔法をぶつける！

しかし……弱った宝珠の輝きが戻ることはなかった。

「ど、どうして……どうして効かないの……!?」

何度試みても同じだった。

呪いが強すぎて解呪に至らない――のではない。

白魔法をかけてもかけても、まったく手応えがないのはどういうことだ。

まるで、暗闇の中を手探りしているかのような――


「――無駄な真似《まね》はよせ。聖女どの」

声が響いた。

次の瞬間、わたしの影に無数の短剣が突き刺さる。

「――ッ!?」

影縫い《シャドウステッチ》――闇属性の上級魔法！

この状態で三秒経《た》つと、二十四時間は身動きが取れなくなる――

「光よ――払え――！」

漂白魔法によって影を消し去るも、今度は闇の牢獄《ろうごく》が降りてきてわたしを足止めした。

これを仕掛けてきたのは……

「いやはや——こうして会うのはひと月ぶりかな、聖女どの。よもや一人でここまで来るとは驚きだ」

「——ガスパール、王子さま……!!」

《宵闇》の貴公子——外で演説をしていたはずの彼が、側近の近衛騎士《このえきし》たちを引き連れて入り口に立っていた。

「おかえり、とでも言っておこうか。ようこそ我が城へ」

「……余裕ですね……随分……」

彼の背後には八芒星の《闇》魔法陣——

その大きさは、あの第一騎士団さえ遠く及ばぬほど。

「ああそうそう。出没していた〝世直しガール〟も先ほど捕らえられたよ——なんでもか弱い少女だそうだ。しかし王都を汚した罪は罪。地下牢で可愛《かわい》がってやるとしようかねえ?」

「ッ……」

「はは！　冗談さ。そんな顔をするなよ」

ノキアは捕らえられた。砂時計の効果が切れてしまったのだろう。

「どうせ、その必要もないんだ。すでに呪印の効力は最高潮に達している——後はただ時を待つだけで、王国は浮遊を保てなくなる」

が。

彼の言葉を示すかのように、宝珠の輝きはさらに薄まっていた。

「近づかないでください――！　この呪いは、わたしが必ず解いてみせます――！」

「――いいや、無駄だよ聖女どの。キミのやり方ではね」

「っ……どういう意味です――」

彼の態度にはありありと自信が宿っていた。

「なぜなら――そもそも宝珠は衰弱などしていないから」

「――え……？」

そのひと言は、わたしの威勢を削《そ》ぐのに十分だった。

「確かに僕は《闇》の刻印を宝珠に与えた。キミの言う〝呪い〟だ。だが、これは決して宝珠を弱らせてなどいない」

「き――詭弁《きべん》です！　だって実際に宝珠は病んでいて――」

「違う違う。逆なのさ。僕の呪印は、宝珠を激しく活性化させる効果を持つ。要するに、限界を超えてもらうための応援《エール》なんだよ」

「応援《エール》……ですって……？」

宝珠は病んでなどいなかった。

それどころか、彼の呪印は対象の活動をさらに促進させたという。

「烈震。落雷。そして《神罰《オルテマ》》。これらの現象はすべて、宝珠の内部から発散された魔力《マナ》に由来するものだ。いわば、フォルトゥナの心臓が過剰に張り切りすぎた結果なんだよ。僕の応援《エール》を受けてね」

「だったら——どうして輝きがどんどん薄まっているんですか……！」

「それは——今も宝珠が自ら消耗し続けているからさ。命が燃え尽きるまでね！」

「な……なんですって……!?」

彼の呪い。その作用は衰弱よりも残酷だった。

その所業は、さながら——力尽きるまでネズミに車輪を回させるかのような。

「だとしても、わたしの白魔法はどんな症状も治して——あっ……」

「気づいたか」

わたしは見落としていた。

今の会話に潜んでいた、致命的な陥穽《かんせい》——

「対象物の強化・活性化——これはつまり、白魔法に分類される効果なんだよ」

何より、わたしにとって肝心なのは……

「白魔法を白魔法で癒やすことはできない——」

「そうだ。ゆえに聖職者《キミたち》の命令《オーダー》じゃ、決して僕の秩序《オーダー》を上書きできない」

同じ色を重ね塗りしたところで効力は打ち消せない。魔法の初歩的な原理だった。

「〝暴走呪印《オーバーロード》〟——それこそが僕の編み出した、闇の白魔法なのさ！」

薬も過ぎれば毒になる。

宝珠を暴走状態に駆り立てていたのは、過剰なまでのエナジー・バフだったのだ。

「だから――祈りを、糧に……？」

「そうだ。白魔法だからこそ、その刻印は民の聖なる祈りによって育つ。《闇》や呪いという言葉に惑わされて――その本質までは見抜けていなかったんじゃないか？」

失策だった。こちらの領分が悪用されていたというのに、気づけなかった。

「でも……おかしいです……！　白魔法は教会に伝わる伝統の秘術。聖職者にしか扱えないはずなのに――」

「ハハッ！　僕を誰だと思っている――教会の人間を利用することくらい容易《たやす》いことさ！」

呪印を刻まれた宝珠は、王国を浮かせるだけじゃ飽き足りなくなった。

自らの燃料を使い果たしてでも――烈震を、神罰《オルテマ》を、天下に起こすようになった。

「いくら女神の遺宝といえども宿る魔力《マナ》は無限じゃない。よって、この儚い輝きが消えた時、王国は完全に堕天する――チェック・メイトだ」

「そん――な……！」

わたしの渾身《こんしん》の手当ては無駄だった。

白魔法でダメなら黒魔法か？

いや無理だ。今から宛ては探せないし、そもそも逆効果になる恐れもある。

「いやはや苦労したよ。この呪印が完成するまで、長年にわたって僕の血肉を捧げる必要があった。悲願なくしては実現できなかっただろう」

「……どうして。あなたは……なぜ、国を堕とそうなどという暴挙に及んでいらっしゃるのですか？」

「単純だ。飽き飽きしたのさ、この空にね」

「空……に……？」

「そうさ。僕は――地上を見てみたい」

――地上。

それは……神話でしか耳にすることのない言葉だった。

「無論――僕らが踏みしめているフォルトゥナの陸地ではないよ。この国土が斬り取られる前に存在していた、本物の大地だ」

「大陸へ還ろうというのですか……？　地上は昔、強大になりすぎた魔法の力で滅んでしまったというのに……⁉」

「ああ。だからこそだ。かつて地上にあった究極の魔法たちは――フォルトゥナが空へ浮かぶにあたって、そのほとんどが失われてしまった。魔法だけじゃない。僕らは平和と引き換えに、古代の遺産を地上へ置き去りにしてしまった。それを見てみたいだけなんだ」

「……馬鹿げています」

「心からそう言えるかな？　まだ見ぬ地上への憧れは……誰しも一度は胸に秘めたことが

あるはずだ」

決して否定はできなかった。

地上は戦火により煉獄《れんごく》と化した――いくら神話がそう語ろうとも、もしもを考えたことがないとは言えない。

彼が切り込むのは、そんな禁忌《タブー》への挑戦。

「だからって――地上が恋しいなら、お一人で向かえばいいじゃないですか……！」

「異なことを言う。民たるもの、王の進軍に従うのは、当然だろう？」

「っっ……！」

絶句する。

これまでの多くの犠牲は……彼の尊大な自我に巻き込まれただけだったというのか。

「さあ、カウントダウンだ。今こそ共に母なる大地へ還ろうではないか、フォルトゥナの民よ――！」

――ゴゴゴゴゴゴゴゴゴゴゴゴ…………………！！

極大規模の烈震が王城を揺らす。時間がない。

窓の外から轟音《ごうおん》が鳴り、しばらくして巨大なシルエットが降りてくる。

王子さまが用意させていたという、脱出用の魔導船――

「――ガスパール王子。魔導船《ふね》の準備が整いました」

「ご苦労。さて、そろそろお暇《いとま》の時間だ。最後に聖女どの――祈りの言葉でも聞こうか？」

「祈りの、言葉……？」

「ああ。と言っても、キミが祈るべきは女神じゃないよ。この僕だ。ほら、尻でも振って乞えば許してやらないこともない。私も船に乗せてくださいな王子さま――とな！　ハハ！」

「ッッ……絶対に御免です!!」

　耐え難い屈辱に耐え、わたしは宝珠へ駆け寄った。

「諦めろ。宝珠の呪いは解けない。術者を倒《ほ》したところで解除《く》もされない。キミにできることは何もないよ」

「あります……まだ」

　宝珠は魔力《マナ》が尽きかけている。なら、わたしの魔力《マナ》を直接注入するしかない。

「芸のないことだ。そんなことをして何の意味がある？」

「時間が稼げます。一秒でも、二秒でも」

　姑息《こそく》でいい。たとえ命を削るだけだったとしても、座して待つより数倍まし。

（祈るだけじゃ――天に任せちゃダメなんだ。ほんの数秒でも、時間を稼ぐことができたなら――今度こそ奇蹟だって舞い降りるかもしれない）

　一瞬だけ目を閉じると、何もかも堕《お》ちる運命がまぶたの裏によぎった。

　その時だ。

——ガラガラガラガラガラガラガラ…………!!

「……⁉」

「ッ——なんだ⁉」

それは王国の崩れる音——ではなかった。

わたし達の立つ空間の天井が、なぜか老朽化して崩れ落ちてくる。

そして……

「ふう……どうやら間に合ったようだ。探すのに時間を食いすぎたな」

「け——賢者さま！」

円窓《オクルス》をぶち割って舞い降りたのは——遅すぎる登場の賢者さまだった。

「一体どこに行っておられたのですか……！　わたしはもう、帰ってこないんじゃないかと——！」

「契約を投げ出したりはしないさ。少々、屋敷《やしき》に忘れ物があってね」

賢者さまの手には見たことない装丁の魔導書が握られていた。

一瞬でもあのお屋敷に帰っていたから、こんなに時間がかかっていたのか。

「で、問題は片付いたかね？」

「ひ、ひとつも片付いておりません……」

わたしは万策尽き果てたことを報告した。

こちらを包囲していた近衛騎士たちは、しどろもどろになりながら矛先を向けてくる。

「ま、魔導船が急に動かなくなったぞ⁉」

「船体が腐食してる！　塗装も剝げきってるし、奴は何をしたんだ……！」

「これからが大事なところなのでね。勝手に逃げ出されては困る」

崩れたお城の天井からは満月が覗《のぞ》く。玉座の間の一帯が屋上となってしまっていた。

さらに残り香のように舞う漆黒の風が、大理石の床面さえみるみるすり減らせていく。

老朽、それに摩耗――紛れもない《時》の魔法だった。

「うろたえるな、皆――まだ予備の船はある！　この先の計画に支障はない」

ガスパール王子さまは動揺する騎士たちを抑えると、賢者さまへ向き直った。

「キミが噂《うわさ》の聖女のナイト様か。残念だが、今さら来てももう遅いよ。すでに墜落へのカウントダウンは始まっている。後はただ、宝珠の輝きが消えるのを待つだけさ」

「ナイトになったつもりはないがね。きみこそ、これに小細工を仕掛けた王子どのか」

「⁉」

――すっ、と。

まばたきをした次の瞬間には、彼は騎士たちをすり抜けて台座の側へ移動していた。

「瞬間移動――？　いや……報告にあった《時》の魔法か……！」

「ふーむ……なるほど。《闇》の白魔法か。趣向としては面白い」

賢者さまは宝珠の様子をつぶさに観察していた。

儚くも消えゆくその輝きは、わたしの作戦の失敗を物語っていて……。

「賢者さま……なんとかなりませんでしょうか。そうだ――《時》の魔法を使って――呪いをかけられる前に巻き戻すですとか……！」

「……いいや。残念だが……これは手遅れだよ、聖女」

「手遅、れ……」

「ああ。確かに時間の逆行術式は存在するが――因果の連鎖により広範囲に影響を及ぼしてしまう。それに、ここまで呪いが進行してしまってはね。きみで無理なら――これの治癒は不可能だ」

静かに目をつむる賢者さま。

その態度で、彼が偽りない事実を告げているというのがわかってしまった。

「フ……ハハ！　そうだ。物わかりがいいではないか。この期に及んで打つ手などありはしない――諦めて運命を受け入れよ！」

「早合点《はやがてん》は困るねえ、レモン頭。手遅れとは言ったが――打つ手がないとは言っていないよ」

「……あ？」

「確かにこの宝珠は決して元には戻らない。が……かと言って、きみの幼稚な計画通りにはならない。なぜならきみ達は、途方もない勘違いをしているからだ」

「幼稚――勘違い、だと？」

台座にあった爪留めが錆《さ》びて外れる。

すると宝珠は解き放たれ、それ自体が浮力を持つかのように宙へと浮く。

そして浮かんだメルスフィアに――おびただしい《時》の嵐が巻き起こる！

「ッ……何のつもりだ。貴様！」

「時間をかけている。ま、速やかに済ませるさ」

周囲の赤絨毯《あかじゅうたん》までもがみるみる色あせていく――かってないほど強力な時流の超加速。

だが……

「お――お待ちください、賢者さま！　そんなことをしたら――ますます墜落が早まってしまいますっ！」


――ゴゴゴゴゴゴゴゴゴゴ…………！！！


《時》の加速によってさらに強まる呪い！

激しくなる烈震と落雷の音を聞いて、ガスパール王子は高らかに笑った。

「はは！　血迷ったか⁉　何をするかと思えば――自らカウントダウンを早めてくれるとはね！　宝珠が老いて朽ちるというのなら、僕が手を下すまでもない――この国は間もなく浮力を失う！」

「そうです――そのやり方では、宝珠が耐えきれません――！」

あれほどの時流を加えられては、いかに堅牢な遺宝といえども無事で済むはずがない。

しかし彼は、わたしの抗議などどこ吹く風と魔法を強めた。

「まだ足りない。より強い《時》の負荷が要る。もっと――もっとだ」

「賢者さまぁ――っ！」

呪いを刻まれた宝珠は、そのまま悠久の《時》を浴びせられ、ますますひび割れが進行してゆく。止められない。

そして――


――パキィッ…………………。


「あ……」

終わりを告げる音がした。

宝珠の表面に、もはや癒やしようのない致命的な亀裂が走るのを見た。

「時よ巡れ――さあ、聖女。答え合わせといこうか」

女神さまの神聖なる遺宝がついに、壊れた。

だが。わたし達が幻視した破滅は――起こらなかった。

「え……？」

《ピュウウウウウウィ――――――――――――――！！！》

それは神聖なる光だった。

無数に走る亀裂から、目を覆うほどの大閃光《だいせんこう》が拡散する。

城内、いや王都全域にまで広がるほどの、神々しい威光に包まれながら――彼女は誕生していた。

そして理解する。

悠久の《時》がもたらした現象――それは老朽でも摩耗でもなく。

「孵化《ふか》――」

呆然《ぼうぜん》と立ち尽くすわたし達。

賢者さまが告げるのは……フォルトゥナ神話を根底から覆す、ひとつの事実だった。

「きみ達が宝珠と崇《あが》めていたこれの正体は――卵だ」

第五章　天空を司《つかさど》るもの

「あ……」

衛兵に捕らわれていたノキアは空を仰ぎ見た。

王都の夜の帳《とばり》には、満月と寄り添うかのようにして、一羽《わ》の鳥がその大翼を羽ばたかせていた。

「な──なんだアレは……⁉」

「わからない──だが……何か、神聖なもののような……」

衛兵たちだけではない。

ヴァルプルギス祭に集った王都の民も、燦然《さんぜん》と輝く神鳥を揃《そろ》って見上げる。

気づけば烈震はやみ、絶え間なかった落雷も遠のいていた。

誰もが神話の一節を思い出す。建国の日、人々の祈りに応じて聖なる天使が舞い降りん。

宝珠は、彼女の卵だったのだ。

烈震《オルテマ》は、彼女の胎動だったのだ。

神罰は、彼女の怒りだったのだ。

天使の歌声のようなさえずりが、祝祭の夜に響いていた。

＊

「な……⁉　バカな、何が起こった――僕の宝珠は――⁉」

「そのへんに散らばっているだろう」

王子さまが這《は》いつくばって拾い集めるのは、宝珠――いや、宝珠であったはずのもの。

「残念ながら――きみが歳月を費やし、丹念に呪いを刻み込んだのは、単なる卵のカラなのだよ」

「――――」

宝珠メルスフィアは孵《かえ》ってしまった。

呪われていた外殻も既にあっけなく砕け散っている。

その上で、フォルトゥナ王国は今も天空に浮き続けている。

つまり、これまで国を浮かべていたのは――宝珠そのものではなく、その中身だったのだ。

《ピュウウウウイ――――》

「神鳥カラドリウス――あれは、かつて地上に生息していた聖獣の一種」

上空を泳ぐ鳥さんを指して、賢者さまは言った。

「神鳥は長久種だ。卵から孵化《ふか》に至るまで約三千年の歳月を必要とする。この国が浮いてから今日でおよそ二千年――まだまだ成長途上の段階だったが、残るもう千年をたった今、上乗せした」

「そっか――だから……」

ようやく賢者さまの行為に合点《がてん》がいった。

一千年にも及ぶ時間を……彼は今この場で経《た》たせたのだ。

「ありえないっ……！　なら、僕らは今まで――卵を崇《あが》め続けてきたとでも言うのか⁉」

「ああ。カラドリウスは《天空》を司る生き物だ。ゆえ、本体が無事に育つまで、周囲の環境を自らの生息域として平穏に保つ権能がある。本来、高空には過酷な条件がつきものだからね」

宝珠は生きていた。ゆえに彼の呪印もてきめんに効果を発揮した。

そして大空に生きるわたし達《たち》もずっと神鳥の恩恵を受けてきたのだ。

落雷や《神罰《オルテマ》》はきっと、天を司る彼女がゆえの防衛本能だったのだろう。

「きみご自慢の呪術はあくまでも殻にかかったもの。生誕してしまった今、きみが介入する術はない」

「ふ――ふざけるなァッ！　僕の《暴走呪印《オーバーロード》》は絶対の産物！　一体どれほどの歳月をか

けて、あれを編み出したと思っている……⁉」

「どれほどの歳月……か。あいにく、そんなのは一瞬にすぎないよ。この国が浮かんでからの歴史を思えばね」

それ以上、賢者さまが彼に言葉をかけることはなかった。

後は任せた——とばかりにポンと背を押されたので、わたしが王子さまに向かい立つ。

「王子さま。宝珠はすでに孵《かえ》りました——墜落《ついらく》なんて野望はもはや叶《かな》いません。この罪、必ず悔い改めていただきます」

「————」

ガスパール王子の計画の核は常に宝珠メルスフィアにあった。

しかし、そんな宝珠が砕け散った以上、彼の行ってきた準備もすべては水の泡に帰す。

「お、王子……。もはやこれまででしょうか」

「どうしましょう王子、備蓄の魔石ももう底を尽きました——」

駆け寄り、心配する近衛騎士《このえきし》たち——そんな彼らに王子さまは笑った。

「……ふ、ははっ。何。悲嘆することはない、同志たちよ。あの鳥こそが宝珠の本体——なら。あれを狩ってしまえば、結果は同じことだろう」

「！　神鳥さんを狙う気ですか——⁉」

ガスパール王子が立ち上がると、魔法陣から現れた異形のランスがその手に握られた。

あれは王家秘伝の魔槍《まそう》——ドグマ・ゴーグ！

「来い。やはりあの時……聖女を見逃すべきではなかった」

王子さまの招集に応えて次々と舞い降りる魔導船。

そこからは、数多《あまた》の近衛騎士たちが増援として馳《は》せ参《さん》じた。

「宝珠も……この国も……全ては僕だけのものだ。僕は真の地上を拝んでみせる——あの鳥を滅せ！」

「この期に及んで、まだそんなことを——！」

巨大な《闇》の魔法陣から鋭い閃撃《せんげき》が放たれる——が。

「させんよ。まずは人間《われわれ》の相手をしてもらおう」

迎え撃った《時》の烈風が、そのことごとくを消滅させた。

「時よ切り刻め——さあ。祝祭《カルナヴァル》とやらを始めようか」

万を超える長針めいた剣が空間を埋め尽くす。

縦横無尽に引き裂き立てる《時》の刃が、近衛騎士たちの全身に癒えぬ古傷を刻み込んだ。

さらに——

「いっ……!? お、お城が——」

城を囲う外壁が——原材料の石灰やモルタルとなって溶けだした。

「神鳥は争いを好まない生き物だ。聖女、きみも戦え」

「！　はいっ！」

《ピュウウウイ――――！》

平和の対価に、宝珠を譲る――賢者さまとの契約はまだ済んでいない。

「闇よ轟け《ラングロッド》――闇よ砕け《ベビーペイン》――闇よ贖え《ガーンアウル》――散るがいい、理想を抱けぬ愚民どもよ！」

「っ――！」

波紋のように拡散する暗黒のソニックブーム。視界をくらます鴉《からす》の羽の舞い。

王子さまが異形のランスを振るうたび、夜闇を利用した術式が次々と襲い来る。

彼もやはり稀代《きたい》の魔法使い――純粋な戦闘力は王国随一！

「時の魔法――失われたはずのロスト・アルカナ！　貴様は何者だ――なぜ聖女などに肩入れしている――!?」

「さてね。薬師、賭博師、占星術師――好きに呼べ。いずれにせよ、名は本質を表さない」

二人の凄絶な魔法の撃ち合いが続く。

その隙をうかがって、大量の近衛騎士たちが上空へ魔法撃を放ってきた。

「鳥を殺せ！　聖女ごとやってしまって構わん！」

「舐《な》めないでもらいたいですね――聖女の守りの堅さ、とくと味わわせてやりますっ！」

《月光円》が月相を変える――上弦《ルナ・アーク》の結界。

一人じゃ戦えないわたしだけど、せめて大切な誰かの盾になれるなら――

「おい、聖女。いつまでサボっているつもりだ」

「サボっ……⁉　め、めちゃくちゃ頑張ってるつもりなんですけど！」

「私は戦えと言ったんだ。祈る守るをしているだけで、役目を果たしたと思うな」

「ですが、わたしは防護と回復の魔法しか使えませんゆえ……」

「ならば上等だろう。きみの硬さは使える——なぜやりようを考えない？」

「え……？」

賢者さまはどうやら——今のわたしでも抵抗できると言いたいらしかった。

「いいか、隣人を無視しろ。己のことだけを考えるんだ」

それは……女神さまの教えに真っ向から反することだった。

「結界を縮めろ。私のことなど気にするな」

「縮める……こ、こうですか？」

「もっとだ」

展開させている光の結界。わたしはそれを、賢者さまのお言葉に従って凝縮させていった。

範囲を縮めれば縮めるほど、その密度と硬度は高まっていき——

最終的にわたし一人分をぴったり覆う《光》のコーティングが誕生した。

「ここまでくると、もう、結界ではない気もしますが……」

「それでいい。行ってこい」

「え――のわあああああああああっ⁉」

すると賢者さまはわたしの首根っこを摑《つか》みあげ――そのまま、近衛騎士たちの軍勢へ向かって投げつける！

「せ、聖女がこちらに――うわあぁぁっ⁉」

「か、硬すぎる――ぐおおおっ⁉」

異常な加速を受けて突進したわたしは、甲冑《かっちゅう》の騎士をドミノみたいになぎ倒していく。

それでもわたしの体には傷ひとつついていなかった。

「高純度に圧縮した結界はもはや障壁ではない――鎧だ。きみの《光》魔法は、攻防一体の術と考えろ」

「な……なるほど……！」

これまで〝壁〟と認識していたオーラが、頭からつま先まで全身にみなぎる。

今まで、誰かを護《まも》ることとしか考えてこなかったので、こんな使い方は思いもよらなかった。

「ここへさらに遅滞《ディレイ》を加える。道中、やり方は心得たはずだ。殴りつけろ」

「き、気は進みませんが……」

向けられた剣先をひらりとかわし、不格好なフォームで張り手をお見舞いする。

それだけで――鎧を着込んだ騎士たちが風船のように吹き飛んでいった。

「えと……あ、お怪我《けが》された方はいらっしゃいませんか！　今なら聖女たるわたしが回復します！」

「あのな……戦闘中に敵を癒やす阿呆《あほう》がいるか」

「むやみに傷つけるのは違いますから」

気づけば玉座の間の壁際には、消耗した騎士たちの山が出来上がっていた。

そして、最後に残るは一人……。

「ふ……ふふっ！　大したものだ。僕もこのままでは、危うい、が――ぐ、ぬぅっ……！」

「なっ――王子、なんの真似《まね》ですか――⁉」

「ふはは……見ての――お楽しみだ。むぅううううん――ッ――‼」

ガスパール王子はかの《暴走呪印《オーバーロード》》を、自らの肉体に刻み込んでいた。

その効果は語るに及ばず。過剰なまでの自己強化と生命増幅――


「魔法陣展開――暗夜黒白相《あんやこくびゃくそう》――‼」


「っ、っ……！　なんて、巨大な――」

「醜いツラになったねえ、随分」

「くく……はははははは‼　良い気分だ。我ながら効きすぎたかもしれないなァ」

《暴走呪印《オーバーロード》》によって根底から作り変えられたガスパール王子は、悪魔と融合したような不気味な姿に変貌していた。

「やめてくださいガスパール王子——そのままでは、あなたも無事では済みません！」

「知ったことか。確かに《時》の魔法には恐れ入った。だが、キミ達も魔法使いの端くれならば知っているはずだ。魔法陣の大原則——それは、大きければ大きいほど強い！」

魔法陣の大きさは通常、編み込まれた魔法式の数に依存する。

今のガスパール王子が従える《闇》魔法陣は——城を飛び越すほどの巨大さに膨れ上がっていた。千、いや万——いくつの魔法式が編み込まれているのか想像もつかない。

「聖女。キミの満月と同様、僕の魔法陣もまた環境の《闇》を得て力を増す。今宵《こよい》はヴァルプルギスの夜だ……この漆黒でもって、キミ達の臓腑《ぞうふ》を染め上げてやろうッ！」

「下がっていろ。聖女」

「っっ……!!」

来る。

わたしの《光》で相殺できるか——いや無理だ。

周囲の影から夜暗と、王都のありとあらゆる《闇》の魔力《マナ》が彼の魔法陣へ吸い上げられていく。そして。

「闇よ開け——獄都永遠を統べる門《ボルト・ドゥ・ロンフェウル》——!!」

彼の背後の門《ゲート》が開いた。

特大の魔法陣から現れた金色《こんじき》の夢魔《デーモン》が、何もかもを葬らんと牙を剝《む》く――！

「やれやれ……いつまで寝ぼけているつもりだ？」

――だったの、だが。

「闇などないぞ。目を覚ましたまえ、レモン頭」

「――――は…………………？」

夜が、明けていた。

一瞬で祝祭の夜は去り、朝陽《あさひ》が昇ってしまっていた。

「な――にを……なにを、した…………？」

（これは――まさか……）

王国中の時を繰り上げる――あまりにも強引な夜明け。

賢者さまの背には《時》魔法陣。その、天文時計のごとき紋様に描かれていた月が、いつの間にか太陽へと繰り変わっていた。

せっかく現れた夢魔《デーモン》は、環境の《闇》を失いしぼんでいく……。

「バカな……バカなバカなバカなァッ！　そんなことがあって堪《たま》るか！　僕の魔法陣は王国最大――貴様のそれよりも遥《はる》かに大きい！　いくら失われた属性だろうと、僕の魔法を覆せる道理などないッ！」

「ふむ。確かに一見すれば、そちらの陣が優《まさ》っているようだ――二次元状ではな」

含みを持たせた言い方。賢者さまの目には、何が映っていたのか。

「生憎《あいにく》、私の魔法陣《こいつ》は膨大でね。平時はこの程度の円に圧縮しているだけだ」

「圧縮……だと……？」

「ああ。きみ達にもわかるよう開けてやる――一瞬だがな」

ゾゾゾ……と、えも言われぬ感覚に全身が包まれた。

すると賢者さまは、億劫《おっくう》そうに独りごちて――

「私の魔法陣は」

軽く、指を打ち鳴らした。

「三次元体だ」

刹那。アラドバル城の全域が、魔法陣の内部へと呑《の》み込《こ》まれた。

「展開――時界流転陣《アリエヴナ》・始まりの庭《アルヒガルテン》」

「ん――ぬゥおおおおおォォォッッ!?!?」

前。後。右。左。上。下。

わたし達の立つ空間そのものが強引に広げられていき、覆い尽くす無数の陣模様が反時計に回転する。おびただしい魔法式の集合体が、ひとつの環境を創世していた。

これはもはや陣ではない。領域だ。

「────」

そこではあらゆるものの動きが止まっていた。

でもなぜか、わたしだけは通常通りの動きを『許可』されていて……

「残った《闇》を払ってこい、聖女。きみのやり方で──どう悔い改めさせるのか見せてみろ」

「っ……はい！」

そうだ。ただぶちのめすだけでは復讐《ふくしゅう》になってしまう。

その時、わたしの脳裏に──昔日の姉さんの言葉が響いた。

『──いい、サラ？　もし、本当に許せない相手がいたら……あなたの想《おも》いやりの気持ちを、思いっきりぶつけてあげなさい』

「光よ癒やせ──三日月の祝福《クレセント・シャワー》。はぁぁぁぁ………‼」

爆発的に膨れ上がる光の波動。

わたしは、そのすべてを右の拳へぐっと集束させた。

「さあ、懺悔《ざんげ》のお時間です、ガスパール王子さま。この場で性根を叩《たた》き直《なお》して──悔い改めていただきましょう！」

「――――」

王子さまの顔が絶望に染まる。

これから彼にお見舞いするのは、わたしの持てる最大の慈悲――

「姉さん直伝――おしとやかパンチ！！！」

「ぐ――おおおおおォォォォッッ！！！」

渾身《こんしん》の――治癒の正拳を叩き込む！

それと同時に《時》の領域が解除され、擬似的な亜光速の一撃を受けた彼はお星さまになって遥か彼方《かなた》まで吹き飛んでいった。

「ふぅ、ふぅ……っ……や、やりすぎましたかね？」

「足らんくらいだろう」

事もなげに欠伸《あくび》をする賢者さま。

そうして――長きにわたった墜落の危機は、無事に終わりを迎えるのだった。

第六章　それから

十賢者が封印されて長き時が経《た》った。
彼らは封印からの解放を願った。

しかし、封印を解くには女神の遺宝が必要だった。
宝珠も、聖剣も、神弓《しんきゅう》も、彼らには残されていなかった。

やがて《時》の賢者を残して、九人の賢者はみな死に絶えてしまった。

――さみしいさみしい時の賢者。
――チクタクチクタク鐘が鳴る。

――フォルトゥナ神話外典　ダマスカスの涙より

それから。

宝珠が孵《かえ》ったことにより、王国の浮遊は再び安定を取り戻した。

以前のように国土がぐらつくこともなくなった。烈震も、落雷もめっきり起こらなくなった。墜落《ついらく》の危機が去ったことを、フォルトゥナの民は大いに喜んだ。

それに何よりみんなの誤解を解くことができた。

女神さまは、決して怒っていたわけじゃなかったんだ——と。

わたしと賢者さまの契約も終わりを告げた。

王国の平和と引き換えに、彼には宝珠を渡す……。

しかし肝心の宝珠は破片になってしまったため、代わりに神鳥カラドリウスちゃんが引き取られた。なんでも、例のお屋敷《やしき》でリーシャさんに世話をしてもらうとのことだ。そんなスペースがどこにあるのか不明だったが、まあ、賢者さまが納得しているならそれでいい。

また賢者さまによるとカラちゃんの種としての寿命はおよそ数千年。王国の平和は、まだしばらくの間は安泰と言えそうだ。

〝聖女狩り〟——そんな馬鹿げたお触れも正式に撤回された。わたしはようやく、大手を振って街を歩けるようになったわけだ。

後は……そうそう。触れておかなきゃならないのは、全ての事件を引き起こしたガスパール王子さまのそれからだろう。

「おお……女神よ！　お赦《ゆる》しください――僕はなんという愚を犯そうとしていたのか！」

彼はあの日――わたしの『おしとやかパンチ』によって絶大な白魔法を浴びた。

体どころか精神まで完全に癒やされきった王子さまは、地下牢《ちかろう》で毎日のように懺悔《ざんげ》の祈りを捧《ささ》げる、ご立派な人物へと生まれ変わったのだ。

「きみの所業のほうがよほど恐ろしい」――と賢者さまは仰《おっしゃ》っていたけれど、意味はよくわからなかった。

それから、手伝ってくれたノキアにもお礼を述べた。件《くだん》の〝世直しガール〟作戦で目立ったおかげで、なんと遠縁の親戚に生存を知られ、無事引き取ってもらえることになったという。こちらも一件落着だ。

後は、作戦立てから通路開通まで協力してくれたアニマにも謝辞を伝えた。

けれどアニマは「当然のことをしたまでよ」と、最後までクールな姿勢を崩さなかった。あの子らしいと思う。

多くの人々に支えられてわたしは窮地を脱することができた。

そうして、たくさんのことを片付けた後日……

わたしは、満を持してある場所に出向くのだった。

＊

爽やかな風がそよぐ。わたしにとって、とても懐かしい風だった。

「変わりませんね……ここは」

ミコラ霊峰――その頂上。霧の森を抜けた先に待つ、見晴らしのよい眺め。

そんな絶空の秘境に、真っ白な建物がそびえていた。

「サンタ＝アルヴァナ修道院……あはは。なんだか懐かしいです」

わたしとアニマが共に幼少期から過ごした修道院だ。

ここに立つと、最終巡礼に発《た》ったのが昨日のことのように思い出される――

「ほんと。懐かしいわね――あの頃に戻ったみたいだわ」

「って……ア、アニマ⁉」

驚いた。その修道院の裏手から、アニマ本人がぬっと顔を覗《のぞ》かせた。

「どうしてここに――今日は平日ですよ。教会の、シスターのお務めがあるはずじゃ……？」

「堅いこと言いっこなしよ、聖女さん。旧友に会いに行くって伝えてあるから大丈夫」

「予定を教えた覚えはないんですけど……」

「サラが奉納を行うって聞いて……もしかしたら会えるかもと思って。ばっちりだったわね」

「もう。前もって言ってくれればよかったですのに」

「ふふ。ちょっとしたサプライズよ」

そう。今日、ここを訪れた目的は宝珠の『奉納』にあった。

宝珠といっても――実際にはカラちゃんが孵化《ふか》した後の卵の殻なのだけど、神聖に祀《まつ》られていたものには違いない。

賢者さまも殻は要らないと仰っていたため、ここの祭壇へ封印することとしたのだ。

「せっかくだし、軽くお庭からお散歩しましょう。サラ」

「はい。全くもう、アニマはいつも突然なんですから」

聖職者を育むための施設が修道院だ。

わたしとアニマは――ここで幼い頃から、ずっと一緒に育ってきた。毎日のように礼拝をして、聖書から女神さまの教えを学んで過ごした。

その全ては……立派な聖女となるために。

「あ。ここの小屋の傷――サラがワイン造りの時につけたものじゃないかしら？」

「げっ。で、でも仕方ないじゃありませんか。あれはぶどうを脚で踏み踏みしなくちゃなりませんから、多少の傷くらい……」

「おてんばな聖女ね」

「むむ……アニマだって昔はぶっきらぼうだったくせに！」

墓地を通って、果樹園を抜けて。あえて遠回りをしながら、馴染《なじ》みのシスターさんとも挨拶したりして……わたし達《たち》は大聖堂へたどり着いた。

＊

ステンドグラスから光が射《さ》し込《こ》む。

七色に彩られたスポットライトは、わたしの再来を祝福するかのようだった。

（戴冠式を行った場所……なんだか、ずいぶん遠くまで来てしまったようです）

大聖堂の主廊を歩いて祭壇までたどり着く。

振り返れば、教会椅子《チャーチチェア》の一角に立つアニマがいた。

大司教さまから聖冠を授かったあの日のことが、ありありと思い起こされる……。

「あれからまだひと月しか経ってないのね。そういえば——サラはあの時の聖冠、ちゃんと持ってる？」

「もちろんです。と言っても……こんな形《なり》になっちゃってるんですけど」

「ええっ⁉　もうボロボロじゃない！」

わたしが取り出した錆《さ》びた聖冠を見て、アニマは仰天した。

「実は賢者さまと初めてお会いした時に……かくかくしかじかでこうなっちゃいまして。

ひどい話ですよね」

「ふ、不敬なんてものじゃないわね……」

「でも……いいんです。聖冠《これ》はあくまで、今まで受け継がれてきたことにこそ意味のあるもの。わたしが持っている限り、正当な聖女の証《あかし》に変わりありませんから」

「……サラがそう言うなら、口は挟めないわね」

まあ、教会からお叱りを受けるくらいはあるかもしれないけど。

〝聖女狩り〟を逃げ延びたわたしにとって――それくらいは些細《ささい》な問題に思えた。

「じゃ……そろそろ奉納と参りましょうか。聖櫃《せいひつ》を開けますよ」

「ええ。見届けておくわ」

大聖堂の祭壇には聖櫃と呼ばれる古びた箱がある。

その内部には、これまでに発掘された女神さまの遺品――いわゆる聖遺物――が納められることになっている。

わたしもそれにならって、拾い集めた宝珠メルスフィアの破片を聖櫃へと奉納した。

「これでよし……と」

「お疲れさま。そうだ。サラ。ひと仕事終えたことだし、裏の丘へ行かない？」

＊

大聖堂の裏口からは小高く開けた丘に出る。

昔もよくこうして、アニマと日なたぼっこをしに来たものだった。

「ん～……いい眺めですね！」

「ええ。心が洗われるわね」

「そうだ。聞いてくださいよ、アニマ。あの山が見えますか？　実はわたしと賢者さまであそこを越えてきたんです。その時に彼ったら、ワイバーンを乗り物にしちゃって……ほんと無茶ばっかりするんです！」

「ふふふ。型破りなお方みたいね」

霊峰の頂からは東フォルトゥナの全景を眺めることができた。

なだらかな山々の稜線《りょうせん》を指さして、その地の思い出をアニマに語る。

「こうして見ると――《神罰《オルテマ》》の爪痕はまだまだ各所に残っていますね。それに……王国の抱える問題は、まだまだあります。人口過多や、魔力欠乏。ノキアのような子だって……たくさん残されているのでしょう」

課題は山積みだった。けれど、今のわたしは前を向ける。

「それでも――わたし達は聖職者です。隣人を守り、癒やすことが使命なのですから。これからも二人で――フォルトゥナを復興させていきましょう！」

「……ええ。私たちなら、きっとこの国を救えるわ」

修道院は卒業してしまったけれど、絆《きずな》は分かたれるものではない。

「あ――でもそういえば、おかしなこともあるんです」

「おかしなこと？」

「はい。宝珠が呪いから解放されて、烈震や落雷といった天災はなくなりました。ただ……なぜか一部の地域ではまだ《神罰《オルテマ》》が落ちているとか」


幸い、まだ人里には落ちていないと聞いているが、それも時間の問題だろう。

余震のような現象が起きているのだろうか？

まさか本当に、女神さまの怒りってわけでもあるまいし――

「ふふ……なんだ。簡単なことで悩んでるのね」

「アニマにはわかるのですか？」

「ええ、もちろん」

アニマは、にこやかにふっと笑った。

「頭の固いサラに教えてあげる――こういうことよ」

「え――」

そして彼女は手をかざした。未知の詠唱と共に。

「天よ堕《お》ちろ――至天の神罰《ゼノ・オルテマ》」

それは――それは強烈な衝撃だった。

今まさしく見下ろしていた魔の山へ――砂城に鉄球を落とすがごとく、衝撃が降り注ぐ。

やがてぺしゃんこに成り果てた野山は、跡形もなく、壊滅した。

「今の――って……え……？　偶然、ですよね……？」

「ふふっ。偶然なんかじゃないわ――ほら、もういっぺん見せてあげる」

何が起きたのか――理解できなかった。

その正体が、これまで何度も目撃してきた天災だったとしても。

「アニマが――《神罰《オルテマ》》を、起こした……？」

「ええ。見ての通りよ。サラってば飲み込みが遅いんだから」

ありのままの事実を彼女は誇った。わたしは本能で叫ぶ。

「どうして――⁉ なぜ、どうやってそんなことを……⁉」

「簡単なこと。これは最初から、私たちの計画の序章だった」

わたしがどうまくし立てても、琥珀《こはく》色の瞳は揺るがなくて――

「《神罰《オルテマ》》――それは教会が編み出した《天》の魔法。女神さまに代わって、私たちが下す怒りの鉄槌《てっつい》なのよ！」

「怒り……教会の魔法、ですって……⁉」

彼女が言い放ったのは……わたしにとって、あまりにも聞き捨てならない言葉だった。

「なら――これまでの《神罰《オルテマ》》もすべて――アニマが起こしていたっていうんですか……⁉」

「いいえ。これまでの布石は事実、王子を使って暴走させた宝珠のせいだったわ。けれど……あれももう用済み。まさか、孵化なんて形は予想外だったけれど――《天》の魔力《マナ》は再び現代へ解放された。おかげで宝珠に頼らずとも、こうして《神罰《オルテマ》》を起こせるようになったのだから」

アニマが手をかざす。衝撃が堕ちる。

《天》の魔法はもはや失われた属性《ロスト・アルカナ》ではなくなったのだと。

「あなたには感謝しているのよ、サラ。愚鈍な王子さまを始末してくれて。あの俗物ときたら……女神さまの遺宝を独りで支配しようとするんだもの！　教会がせっかく白魔法を教えてあげたというのにね」

「っ……教会が、王子さまに……⁉」

闇の白魔法——かの呪印の由来を思い出す。

王子さまは教会を利用したと言っていたけど、本当は、逆だったのか？

「信じ……られません。共に平和を誓ったのは嘘《うそ》だったのですか？　アニマ——あなたはなぜ、そんな真似《まね》を——」

「それが……聖メフィリム教会《ノヴァ派》の意志だからよ」

厳かな宣言。

さらに彼女の合図に応じて……何かが霊峰に現れる！

「来なさい——方舟《はこぶね》」

——ゴゴゴゴゴゴゴゴゴゴゴゴ………！

震動が丘を揺るがす。けたたましい轟音《ごうおん》と共に、大影が忍び寄った。

「っっ――まだ、何か――これは……⁉」

「ノヴァの方舟《はこぶね》。私たちの掲げる『ノヴァ計画』を導くもの。あの王子も、この造船には役立ってくれたわね」

それは――天空に浮かぶ巨大な魔導船だった。

庭園ほどの広さを誇るそれは、王子さまが城に用意させていたものの十倍はあろうか。

その船体には、紛れもない聖メフィリム教会の紋章が描かれていた。

「ノヴァ計画……？　それは一体なんなのです、アニマ⁉」

「フォルトゥナを真に救済するものよ。そして……これまでの《神罰《オルテマ》》もまた、すべては計画に基づいて執行されてきたものにすぎない」

アニマはひらりと修道服をなびかせて、浮遊する甲板へと飛び移った。

「待ってください――逃げるのですか⁉」

「王子さまと一緒にされるのは心外ね。教会《わたしたち》は彼ほど狭量じゃないの。だから、あなたには選択肢を与えてあげる――《月光》の聖女さん」

「選択肢……ですって……？」

「ええ。私たちノヴァ派は――このフォルトゥナ王国を救済する、素晴らしき理想の体現者なの。だから問うわ。

ねえサラ――あなたもこの方舟に乗らない？」

「乗っ……」

あまりにも突飛な問いかけだった。

目の前には変わり果てた友と、壮大なる方舟。

はいと答えたら、いいえと答えたらどうなるのか。何もわからない。

だが少なくとも今、自分が運命の岐路に立たされていることは理解できた。

だから──

「乗……りません。今のアニマは……わたしの知っているアニマじゃない気がするので」

「そう。なら、ここでお別れね」

短く、そして儚《はかな》い決別だった。

いつの間にかわたしの足元に張られていた──《大地》の魔法陣が照り輝く！

「ッ、な──っ……⁉」

「ごめんなさいね、サラ。正当なる聖女の証──頂戴するわ」

局所的な砂嵐がわたしを襲い、こぼれ落ちたボロボロの聖冠をさらう。

竜のように伸びた砂塵《さじん》の軌道が、方舟の舳先《へさき》に佇《たたず》むアニマの手元へと吸い寄せられていった。

「かっ……返してください！　それは大切なものなんです！」

「知っているわ。でも、あなたにはもう不要なのよ。だって今から行うのは──私の、真の戴冠式なのだから！」

アニマは高らかに笑うと、キャッチした聖冠を自らの頭へ載せた。

「残念だけど――《光》のあなたじゃ、ここから先の使命は果たせないの。《天》の遺宝の次を目覚めさせられるのは、私だけなのだから」

「宝珠の、次ですって……？　もしや教会は――《大地》の遺宝を追っているのですか⁉」

「ふふっ。さあね」

アニマは答えない。だが、わたしの中で確信があった。

「ノヴァ計画によってフォルトゥナは救済される。そして私こそが……真の聖女として君臨するのよ！」

「待ってくださいアニマ――あなたは――あなたはどうしてっ⁉」

アニマを乗せた方舟が高みへと飛び去っていく。

気づけばその時――わたしは、喉が嗄《か》れるほどに叫んでいた。

なぜこうなってしまったのか。闇雲でも、彼女の気持ちだけは知りたくて――

「さようなら、サラ。運命って残酷ね」

「アニマ――――ッッ‼」

伸ばした手が虚空を切る。

あれほど巨大だった方舟は、いつしか……天空の彼方《かなた》へと消えていった。

第七章　ホイール・オブ・フォーチュン

――わたしは途方に暮れた。

あの日、霊峰に現れた〝方舟《はこぶね》〟は、そのままアニマを乗せて西の彼方《かなた》へと飛び去った。

わたしはすぐに彼女を追いかけたが、その行方は杳《よう》として知れなくなってしまった。

全ては教会に仕組まれた罠《わな》だったのだ。

《神罰《オルテマ》》をコントロールしていたのは王子さまでも宝珠でもなく、ノヴァ派と名乗る聖メフィリム教会の一派だった。彼らにとっては、ガスパール王子さえ傀儡《かいらい》にすぎなかった。

闇の白魔法――暴走呪印《オーバーロード》もまた、彼らの入れ知恵によって生まれたものだったのだ。

それはすなわち、わたしを苦しめた〝聖女狩り〟さえ教会に起因していたことを意味する。

そして最悪なことに――《神罰《オルテマ》》は再び活性化を始めていた。

以前ほどハイペースではなくなったものの、従来の《神罰《オルテマ》》より範囲も威力も数倍増しの災厄となって、各地が押し潰される被害が相次いでいる。

だから……

「お願いします賢者さま――アニマを追うため、再びお力をお貸しください！」

「断る。きみは大好きな女神像にペコペコ祈りでも捧《ささ》げていたまえ」

豪奢《ごうしゃ》な長椅子に腰掛けて、呷《あお》るようにぶどう酒を飲み下す賢者さま。

わたしは諦めずに頭を下げた。

「わ。サラだ。会いたかったよ、ボク」

「ノキア！　賢者さまと一緒にいたんですね」

「うん。ごちそうしてくれるって聞いて」

親戚の家に引き取られたノキアは以前よりずっと綺麗《きれい》な身なりになっていた。

小洒落《こじゃれ》たドレスに身を包んでいて、ちょっとばかりうらやましくなる。

「ほら、サラにもこのタルトあげる——あーん」

「んむっ……あ、おいしい。じゃなくて！」

タルトのひと欠片《かけら》を飲み込むと、わたしは再び賢者さまへ懇願した。

「もう一度——あなたのお力が必要なのです賢者さま！」

「だから断る。第一、なぜ私がここにいるとわかった。きみには伝えていないはずだが」

「ふふん。スイーツ好きの賢者さまならばきっと、この宿屋を見逃すはずないと思いまして」

そう。ここは王都一との呼び声も高い七つ星旅宿——『ル・グラン・ファラード』。そのロビーだ。ここの日曜限定アプリコット・タルトは絶品と名高い。

「それに——ほら！　今回は手土産も持ってきたのですよ、賢者さまの好きそうな焼き菓子つめあわせです！」

「焼き菓子程度でこの私を遣わそうとはね。きみに付き合うのは時間の無駄だ」

「そう仰《おっしゃ》らずに――わたしにできることならなんでもしますから～！」

相も変わらず手厳しい賢者さまを引っ張り出すべく、必死に頭を下げていたところ……

「――失礼します。聖女ツァイトブローム様ですね？」

「あ、はい。そうですが」

宿の支配人らしき男性が奥から出てきて、わたしに声をかけてきた。

もしかすると――〝聖女狩り〟に対して改めての謝罪かもしれない。

王都の至るところで、わたしは似たようなことを経験していた。

「お気遣いなく――わたしは誰も恨んでいません。もう過ぎたことですので、お気持ちだけ……」

「ああいえ、そうではなく」

違った。赤っ恥のわたしにさらなる追撃がやってくる。

「そちらの――お連れ様のご宿泊代とお食事代がしめてこちらになっております」

「お連れ様……え？」

-2,900,000 R

うやうやしい所作で手渡されたのは請求書だった。

そこには、見たこともない数字が並んでいる。

「あぁおいしかった。こんなごちそう食べたの、ボク初めて」

「好きに飲み食いしたまえ。できることならなんでもする——だそうだからな。きっとこれから一生、身を粉にして皿洗いでもしてくれることだろう」

バクバクと白鳥のローストを食い漁《あさ》る賢者さま。

あれら全て、わたしのツケにされていた。

「こ……こんなお金払えるわけありません！　わたしの全財産は150ルインですよ⁉」

「このお芋と同じくらいだ」

「ド貧乏人め」

「清貧と言ってください！」

元々、聖女というのは世俗にまみれず生きていくものなのだ。身に余る資金など持ち合わせているはずがない。

「賢者さまこそ、この数日で多少の身銭は稼いだんですよね⁉」

「現代の通貨など一枚たりとも持ち合わせていないよ。きみもタルトを口にしたのだから、今さら責任逃れなど考えぬことだな」

ああ、終わった——

わたしは諦めの微笑《ほほえ》みを浮かべて、天空の女神さまへ祈りを捧げた……。

＊

結局、わたしは魔石を用意するという形でホテルへの弁済を果たすことにした。

魔石とは——魔力《マナ》の込められた特殊な石のこと。

基本的には天然で採掘されるが、自前でこしらえることも可能だ。

空っぽの空洞石に自前の魔力《マナ》をチャージすることで魔石ができあがる——これはわたし達《たち》のような、魔力をふんだんに秘めた人間にしか不可能な芸当だった。

「おお……なんと。これほど上質な魔石をご用意いただけるとは」

魔石は万能資源だ。

火の魔具にかければ火となり、水の魔具にかければ水となる。

体内に魔力回路を有さない市井の人々にとって、生活を送るのに欠かせないアイテム。

現代においては大変な希少品のため、お金よりも歓迎されるほどだった。

＊

改めてあれこれが片付いたわたしは——

賢者さまから目を離さぬようにして、再び王都の路地を歩いていた。

「やれやれ――きみとの契約はすでに果たしただろうに」

「そのはず……だったんですが、実は……」

「大方――未《いま》だに止《や》まぬ《神罰《オルテマ》》や、先日の馬鹿でかい魔導船についての話だろう？」

「！　ご存知だったのですか……？」

「あれほどの存在感なら嫌でも気づく。もっとも、王都の民は素知らぬ顔で浮かれていたがね」

それならば話が早いと、わたしは霊峰で起きた出来事について説明した。

《神罰《オルテマ》》の裏に聖メフィリム教会の一派がいたこと、アニマが語ったこと、最終的に彼女は謎の方舟に乗り去ってしまったこと……。

「フォルトゥナの危機は――完全に去ったわけではなかったんです。いえ、むしろ、ようやく真の姿が見えてきたと言うべきでしょうか」

「きみの身内の不始末だったと」

「う……そう言われるとつらいですが」

わたしにはどこまでも裏切りの星がついているらしい。

ただ、それにしても、ノヴァ派なんて派閥は聞いたこともなかった。わたしとて仮にも聖女という重役なのに。

一体いつから暗躍していたというのだろうか？

「聖女の証《あかし》である聖冠まで、アニマに奪われてしまいましたし……」

「別にいらんだろう。あんなもの」

「いるんです！　聖女には」

確かに聖冠それ自体にはなんら効力はない。

それでも、二千年来、代々受け継がれてきた正当な聖女の証なのだ。

「あの娘が今度の敵というわけだ。またとっちめて悔い改めさせるかい？」

「そう……ですね。敵と、認めたくはありませんが……」

わたしから姉さんを奪った天災――《神罰《オルテマ》》。

もし、アニマがその根幹に関わっているとしたら、わたしは彼女を許せないだろう。

（ですが――一度は、わたし達の力になってくれたはずですのに……）

フォルトゥナの真なる救済――とアニマは言った。

事実、王子さまによる墜落を彼女も阻止したがっていた。

しかし、そんな王子さまの所業さえ彼女は計画の序章にすぎないと言い張った……。

果たして彼女の、そして聖メフィリム教会《ノヴァ派》の真の狙いは何なのだろうか？

「謎だらけの現状ですが……ひとつだけわかることがあります。彼らの狙いは――次なる女神さまの遺宝です」

「聖剣、か」

「はい」

そう。アニマは言った――宝珠の次を目覚めさせられるのは、自分だけなのだと。

「アニマは《大地》の使い手です。もし、教会が彼女を使わせたのだとすれば、その狙いは『聖剣』をおいて他にありえないでしょう」

《大地》の聖剣レグナディアアリ。未だ見つかっていない幻の聖遺物だ。

「なぜ、きみの旧友は聖剣を欲している？」

「それは……わかりません。よもや、もう一度この王国をぶった斬ろうというんじゃあるまいし……」

ありえないとも言い切れないのが不安だった。

聖剣は今日のフォルトゥナ王国を斬り放したもの——今の教会へ渡すには、あまりにも危うすぎる。

「宝珠を巡る時と同じ……いえ、それ以上の災いが潜んでいるに違いありません。お願いします賢者さま——王国を教会の脅威からお助けください！」

「……ふぅ」

誠心誠意で掌《てのひら》を合わせる。

賢者さまは、しばらくわたしの頭を見つめてから言った。

「否と答えても無駄だろう。ゆえに今回も、きみと私は血の契約を結ぶことにする」

「！」

「そして無論、此度《こたび》も相応の対価を要求する」

「……先ほどのごちそう代でなんとかなりませんか」

「ならない。あんなものは手付金だ」

いつかと同じ契りの杯《さかずき》が現れる。

今度のカップにはブロンズではなく、シルバーの双蛇が巻きついていた。

「相応の対価というと、もしかして……」

「聖剣レグナディアリ——かの遺宝を見つけた暁には、教会に先んじて私がブツを貰《もら》い受《う》けよう」

やっぱり。賢者さまは女神さまの遺宝を集めきるつもりなのだ。

未だ確認されていない幻の聖剣——見つかるだけでも大騒ぎな代物だが……

「わかりました。ゆきましょう。今度こそ《神罰《オルテマ》》を止め——親友《とも》の真意を、知るために」

＊

——私たちの修道院は、霞《かすみ》がかった霊峰の頂《いただき》にあった。

「アニマ。今日は神父さんが来られるから、パンを焼いておくようにって」

「わかったわ。じゃあ、あなたも花壇の水やりをしておいてね——サラ」

私たちはそこでずっと一緒に育ってきた。

貴族育ちの私と、辺境出身のサラ。全然違う出自のはずなのになぜか馬が合った。

「いい、アニマ？　どっちが聖女さんに選ばれても、恨みっこなしだからね」

「ええ、もちろんよ、隣人を想《おも》え——だものね」

そんな私たちの関係は——幼なじみであり良きライバル、と言ったところだろうか。

フォルトゥナ王国において聖女の座につけるのは一代につき一人だけ。私たちにとっての憧れはいつもそこだった。

いつか、立派な聖女になれますようにと。


ある日、修道院の近くに黒妖犬《ヘルハウンド》の迷い込んだことがあった。

ヘルハウンドは人間を襲うこともある魔獣だ。脅威度はさほど高くもないが、教会の規律では処分の対象となる。

ただし聖職者にとって殺生はご法度。

そのため、国土の最果てから突き落とすべきとされていた。

「でも、この子……牙が抜けちゃってるよ」

「うん。迷ってここに来ちゃっただけみたい」

真っ先にヘルハウンドを見つけたのは私たちだった。

その個体はまだ成熟しておらず、怪我《けが》だらけで、とても人を襲いそうにはなかった。

「森へ帰しちゃおう」

規律を破った。悪いことをしたという自覚があった。

その秘密を共有した私たちは、お互いに笑いあった。

「ヘルハウンドさんのことも、隣人っていうのかな？」

隣人を想え。女神さま第一の教えを、幼い私たちは律儀に守った。

私たちの行いが正しかったのかどうかは未だにわからない。

それでも、私とサラはそうやって同じ体験を共有しながら、絆《きずな》を育んでいった。

やがて私たちは十六歳になった。十六歳になると、聖女候補には最後の修行が課せられる。

『最終巡礼』だ。これは一年をかけて王国内すべての教会を巡り、隣人に施しを与えていくというものだった。

今代の候補であった私たち二人は揃《そろ》って修道院を出発した。

それから一年かけて、互いに逆のルートで王国中の教会を回った。

あんなにもサラと離れていたのは出会ってから初めてだった。

一年が経《た》って——私たちは霊峰へ戻ってきた。巡礼が終われば、いよいよ次代の聖女が決まる。運命の日がきたのだ。
その最終的な決定は『聖者の天秤《てんびん》』という機構に委ねられていた。
これは、聖都の教会にのみある不思議な魔具で、馬小屋ほどの大きさがある。
左右のお皿に私たち——聖女候補——がそれぞれ乗り込むと、より適したほうに傾く仕組みになっている。

その条件は女神さまへの信仰心。慈悲深さ。魔力量に、白魔法の練度。すべてを総合して、どちらがより聖女にふさわしいか、天秤が判定してくれるとされている。

私はずっと夢見てきた。

神話で何べんも読んだ女神さまの奇蹟《きせき》。その威光を授かるのを。

しかし……聖者の天秤が傾いたのは、私ではなくサラだった。

「フォルトゥナ王国第七十九代聖女は——サラ・ツァイトブロームとする！」

後日。聖冠を授かるサラを見て、私は初めて自分のよどんだ感情に気づいた。

どうして。どうして私じゃないの。来る日も来る日も真摯に祈りを捧げて、最終巡礼の試練だって立派にこなした。家柄だって私のほうが立派なのに。

そう、ともすれば身を投げ出したいほどに鬱屈していた。そんな暗闇の先で——

「あなたの力が必要なのだ。さあ、共に新たなる地平を目指そう——《大地》の聖女どの」

私は、彼らに見初められた。

＊

「…………ふっ」

アニマ・コンクラーヴェは遠い昔日の回想から我に返る。

荘厳な大聖堂。その空間は、今も遊弋《ゆうよく》を続ける〝方舟〟の中枢にあった。

そこへ、祭服姿の男がアニマへ声をかける。

「聖冠の奪還――ご苦労だった。《大地》の適合者よ」

「ええ。なんてことありませんわ、助祭様」

その円卓には、同じく祭服に身を包んだ十二名の男たちが並んでいた。

彼らは全員が聖メフィリム教会《ノヴァ派》に属する高位聖職者だった。

「例の神鳥については未だ行方が摑《つか》めていない。捜索は打ち切るべきだろう」

「しかし《時》の賢者とはな。神話の人物が復活するなど、ありえるのか？」

「騙《かた》っているだけかもしれん。証拠はどこにもない」

「いや、だが実際に時の魔法は確認された」

「そもそも《月光》の聖女はどこからそんな人物を……」

活性化する議論。その場に、司教冠《ミトラ》を被《かぶ》った初老の男が現れる。

「――何も問題はない。ちょうど対時空結界が完成したところだ」

「おお。なんと」

「さすがは主導者さまだ。先を見据えておられる」

男は主導者と呼ばれ、円卓の助祭たちに歓迎された。

蠟《ろう》の明かりに照らされて、黄金の司祭服から茶褐色の素肌が覗《のぞ》く。

「宝珠の末路は確かに想定外のものだったが、ノヴァ計画に支障はない。残るパズルのピースはひとつ——女神の遺《のこ》した第二の遺宝・聖剣レグナディアリ」

主導者と呼ばれた白髪の男はとつとつと語り、円卓のかたわらに立つアニマを見やった。

「かの遺宝は必ず存在する。共に新たなる地平を目指そう。《大地》の聖女どの」

「ええ。我ら聖メフィリム教会の宿願がために」

天空に浮かぶ国のさらに天空で——聖なる方舟は、来たるべき時を待っていた。

第八章　聖剣探しの旅へ

ある日、私は群青郷《ぐんじょうきょう》へ迷い込んだ。
森林をさまよい歩いた果ての偶然だった。

そこでは一人の男がひざまずいていた。
彼は弔《とむら》いを捧《ささ》げていた。
立てられた九つの墓碑へ、アネモネの花を手向けていた。
ほろり、ほろりと雫《しずく》が落ちる。
彼の流した涙はやがて、群青の地に溶け沈んでいった。

——さみしいさみしい時の賢者。
——孤独の時は終わらない。

——とある探検家の手記　群青郷の鎮魂歌より

透き通る青空。手を伸ばせば届く白い雲。

わたしは山頂よりも遥《はる》かな高みから、フォルトゥナの全景を一望していた。

《――クエエエィッ！》

そこへ蒼《あお》い翼が強襲してくる。空の魔獣――ドレイクだ。

「光よ纏《まと》え――はぁあっ！　聖女十字切り《クロスチョップ》！」

わたしは《光》の鎧《よろい》と《時》の加速により彼らをとっちめた。

隣で寝転んでいた賢者さまが、あくび交じりにつぶやく。

「ご苦労。私の安眠を妨げぬよう頑張りたまえ」

「はい了解……じゃなくて！　賢者さまも手伝ってくださいよ！」

《――ピュウウウイ！　ピュウウゥ～～イ!!》

さらにドレイクの威嚇――ではない。

鳴き声の主はカラドリウスちゃん。あの夜、宝珠から孵《かえ》り、今もわたし達《たち》を乗せて飛んでいる白銀の神鳥だった。

「つべこべ文句を垂れるな。聖剣を探すのだろう？」

「そ、そうですけど――本当にこれでいいんですか……⁉」

「きみの親友とやらは方舟《はこぶね》に乗って空へと逃げた。なら、同じ空から追うのは当然の理屈だ」

ゴロリと寝転んでは魔導書をめくる賢者さま。

ああ、どうしてこうなったんだっけ――

＊

――およそ三時間前――

魔法都市ルーンフェズル・王立大図書館でのこと。

「さあ――アニマ達より先に聖剣を見つけましょう、賢者さま！」

どさどさどさどさ……。

わたしはテーブルの上にありったけの資料をぶちまけた。

「なんだ。この大量の書物は」

「〝聖剣〟の在《あ》り処《か》について著《あらわ》された書です。ここ魔法都市の大図書館といえば、あらゆる書が収められた智《ち》の殿堂――昨晩ずっと調べていたのですよ」

アニマたち教会ノヴァ派の目的は聖剣にあり。

なら、彼らよりも早くブツを押さえなくてはならない。

そう考えたわたしは、数々の蔵書を賢者さまに見てもらうことにした。

「聖剣は——今も王国内のどこかに突き刺さっていて、かつ大地を司る《つかさど》《適合者》でなければその柄は引き抜けないとされています。しかし、問題の地がどこにあるのかについては謎のまま。今も様々な学説が交わされております。大洞窟の最奥にあるだとか、女神さまの埋蔵品になったのだとか。これらは建国以来、多くの人々を惹《ひ》きつけてやまないロマンとされてきました……ですが！　古代人である賢者さまなら、隠された真実もわかるのではと思いまして！」

「隠された真実、ねえ……」

書物にペラペラと目を通した後、彼はため息まじりに言った。

「どれもこれもデマカセばかりだ。聖剣の正体はヤドリギだった——など、噴飯ものの珍説だよ」

「う……どれも、ですか」

数ある歴史的資料を一様に無価値と断じられ、わたしは露骨に肩を落とす。

「……はあ。でも、そうですよね。今まで誰にも見つかっていない遺宝なのですから……もし発見されたら天地がひっくり返るほどの大騒ぎです」

この二千年で、限りあるフォルトゥナの国土はどこも探し尽くされたと言っていい。

わたしは諦め心地に、集めた書物をしまおうとすると……

「——聖女。その書はなんだ？」

「これですか？　これは……絵本です」

——ここはまぼろしの地、群青郷ナ・ノーク。

——そこにはたくさんの宝物と、女神さまの剣がありました。

わたしは挿し絵を広げて見せた。

妖精たちの踊る森の中で、逆さまに突き刺さる剣のすがたが描かれている。

「群青郷のおとぎ話です。聖剣にまつわる童話はたくさんありますから、一応集めておいたんです」

群青郷は神話にもたびたび登場する地だ。

森の奥に眠るとされる魔法の聖地で、理想郷《ユートピア》の代名詞として知られている。

わたしも、子どもの頃は憧れたものだった。

「でも……こんなのは手がかりと言えませんね。群青郷なんて実際にはありませんし——」

「——いや。あるぞ」

え……と、思わず前のめりになる。

「群青郷ナ・ノークは実在する。聖剣が見つかっていないのも、あの地に残されているのだとすれば納得がいく」

「え——えぇぇっ⁉」

それだけでも驚愕《きょうがく》に価《あたい》する事実だ。しかも……

「群青郷といえば——賢者さまと女神さまが契約を交わした地……ですよね……？」

「……ま、大昔の話だがな」

女神と十賢者の最終契約——

神話の中でもとりわけ有名な一節だった。あれも、脚色のない史実だったというのか。

「だっ、だとしたら——群青郷は、どこにあるのですか？」

「知らん」

「知らんって……実在する場所、なんですよね？」

「ああ。だが——群青郷は高位魔力によって異界化している。濃霧に包まれたように、その入り口は隠されているんだ。よって、たとえ一度は足を踏み入れた者であっても、その在り処を探るのは難しい」

「異界化……」

かの地は実在する。

だが、誰も見つけられないような、幻の地であることにも変わりはないという。

「なら——わたし達が頑張って、彼らより先に群青郷を探し出せば……！」

「まあ待て。当てずっぽうに探したところで——」

思わず前のめりになる——その時。

——ガルルルルルルルッッ‼

——きゃあああああああっっっ‼

「叫び声——外ですかっ？」

獰猛《どうもう》な唸《うな》りと悲鳴が同時に聴こえた。

不穏な気配に急《せ》かされて、図書館の窓から身を乗り出す。

すると、外では——大量発生した魔獣たちが街を襲っていた！

「た……大変です賢者さま！　見てくださいあれを——」

「へえ、賑《にぎ》やかだねえ。それより群青郷についてだが……」

続ける賢者さまの首根っこを摑《つか》み、わたしは外へ飛び出した。

「——人助けが先！　です！」

＊

「本当にありがとうございます。危うく市民に被害が出るところでした……！」

魔獣の群れを掃討したわたし達は広場に招かれていた。

ここルーンフェズルの市長さんがじきじきに現れ、しきりにお礼を言う。

「まさかこんな昼間から空の魔獣が流れ込んでくるとは……あなた方がいなければどうな

っていたか。最近の聖女さまは腕っぷしもお強いのですね」

「これは否応《いやおう》なくというか……」

街を襲っていたのはドレイクやグリフォンといった有翼種――空の魔獣だった。

賢者さまの《時》にすべての動きを止めてもらい、その隙にわたしが一網打尽にした。

「こういった事件はよくあるのですか？」

「ええ。特に最近は。ここは《アビス》からも近いので……空の魔獣がよく湧いて困っているのです」

《アビス》は国の真ん中に空く大穴だ。

凶悪な空の魔獣たちは、決まってそこから這《は》い上《あ》がってくる。

「解《げ》せんな。あそこの守護塔を使えば、魔獣の撃退くらいできるだろう？」

「ああ、あちらは――」

ルーンフェズルの正門には、魔法式の守護塔が配備されていた。

他にも魔砲や結界陣など、明らかに対魔獣を想定された魔具一式が並ぶ――

だが、問題のドレイクたちはそれらを容易に突破してきていた。

「実は……あれらの装置も昔は動作していたのですが。最近は魔力《マナ》不足の影響で、すっかり動かせなくなってしまいました」

「ふむ。魔法都市が聞いて呆《あき》れるね」

「ちょっと、賢者さま！」

「ハハ……ですが、その通りです」

守護塔だけではなかった。他にも浮遊シアターや魔導ドールなど、魔具の数々が動作しないままオブジェ化していた。

確かに魔法都市の景観としては……やや寂しい気もする。

「ますます解せんな。魔力《マナ》が足りぬというのなら、そのへんの地脈から調達すればいいだろう？」

「地脈の魔力なんてとてもとても……！」

「賢者さま。現代の地脈に流れる魔力《マナ》は、もうほとんど枯れきっているんです」

魔力《マナ》の欠乏は、今や王国全土にまたがる問題だった。

本来、魔力《マナ》は地脈を通じて森羅万象《そのへん》に宿るもの。例えば木々なり、小川なり。それは賢者さまの言う通り。

だが――空に浮いたフォルトゥナには、面積という限りがあるのだ。

しかも国全体の人口は絶えず増加し、地脈ごと枯らしてしまう《神罰《オルテマ》》まで下る始末で。

「だから、昔の地上と今日の天空とでは……ぜんぜん勝手が違うのですよ」

「なるほどね。どうりで最果てもあんなに枯れていたわけだ」

「ええ。そうした背景があるからこそ――人々は『魔石』を利用します。そうだ市長さん、魔石を使ってみてはいかがですか？」

あれなら環境に依《よ》らずとも魔力《マナ》をまかなえる。

守護塔もまた動かせる――と思ったのだが……

「確かに以前は魔石を利用していました。しかし……最近は価格高騰によって、満足に市内の家庭にも行き渡らない状況でして」

「う……困窮の事情はどこも一緒ですか」

魔石は貴重品だ。だが、貴重になりすぎた。

王都でも、魔石ひとつ買うのに数ヵ月分の賃金は必要と言われているほどだった。

「ですが、今のままだと治安が――またいつ魔獣が入ってくるかもわかりません」

「ええ……仕方ありません。貴重な魔石は、我々の生活をまかなうだけで精一杯ですから」

市長さんにとっても苦渋の決断のようだった。

隣に立っていた賢者さまが、チラリとわたしに目配せする。

「事情はわかった。あれをくれてやれ、聖女」

「ええ。わたしもそう考えていたところです」

わたし達は手元から――ホテルに支払った大量の魔石、その余りを取り出した。

それらをまとめて市長さんへ譲与する。

「こんなにも魔石を――？」

「これだけの燃料があれば守護塔も動かせるはずです。魔獣たちから街を守るのに使ってください」

「おお……助かります！　本当にもらってしまってよいのですか……？」

「もちろんです。困っている隣人へ施すのは、聖職者として当然の責む――むぎゅっ」

横から強引に口をふさがれた。賢者さまの手の甲だった。

「タダというわけにはいかない、市長。代わりにそいつをよこしてもらおう」

「え――こ、こちらですか⁉」

賢者さまが指し示したのは、市長さんの胸ポケットから覗《のぞ》いていた懐中時計だった。

「これは……我が先祖代々に伝わる懐中時計でして！　とても、どなたかにお譲りするようなものでは……！」

「たまには時間を忘れてみるのもいい。先祖の金品より今を生きる住民の安全のほうが大事だ、だろう？」

「た……確かに。これさえあれば、平和に過ごせるのですから……」

「むぎゅ！　むぎゅー！」

必死に抗議しようにも、緩慢に動きをせき止められたわたしの体はびくともしない。

とても……最低なやり口だった。

＊

――結局、賢者さまは魔石と引き換えに懐中時計を譲り受けることになった。

わたし達は再び都市のストリートを歩く……。

「もう。取り引きにしたって強引すぎます！」

「構うまい。用が済んだら返してやるさ」

悪びれずに時計のフタを開く賢者さま。

「それにしても……賢者さまは色んな時計がお好きなんですね。さすがは《時》の賢者と申しますか」

「時計？　これは時計ではないよ」

「へ――？」

「名が体を表すとは限らない。どうやら、きみには本物のツキがあるようだ」

賢者さまは時計を宙へ放り投げた。そして。

「時よ逆巻け――始原の竜巻《アラブリマ》」

《時》の竜巻が発生した。

すると巻き込まれた懐中時計は――たちまちその姿を変形させていく！

「――な、なな っ……!?」

これは……竜巻による時軸の巻き戻しだ！

文字盤がみるみる薄れ、やがて長針と短針がひとつに繋《つな》がっていく。

そして、最終的に現れたのは――

「それって――羅針盤……？」

「魔法羅針盤《マジックコンパス》。神話時代のアーティファクトだ」

先ほどまで時計だったものが、賢者さまの手のひらへと着地する。

彼は最初からこの正体を見抜いていたのか。

「もう現代には残っていないと思っていたが――どうやら用途のわからぬ阿呆《あほう》が、懐中時計に仕立ててしまったらしい」

「これ……どうやって使うのです？」

「この羅針盤は……魔力《マナ》さえ食わせれば、あらゆる地の所在を示す。どんなに離れた地であってもだ」

「！」

そう聞いて、わたしの頭にも予感が走った。まさか……

「――魔法羅針盤《マジックコンパス》よ。群青郷ナ・ノークの位置を示せ」

賢者さまの命令《オーダー》が下る。ギギ……と、本針が歪《いびつ》な動きを見せる。

その羅針盤は――天を指し示していた。

「上……!?　これは……」

天を見上げる。賢者さまはニヤリと笑って言った。

「当たりだ。さあ、空を翔《か》けるぞ聖女」

＊

——そうして、今へ至る。

神鳥カラドリウスちゃんに乗っての空の旅は、かれこれ小一時間ほど経過していた。

「本当に——この方角で合っているのでしょうか……？」

「魔法羅針盤《マジックコンパス》に誤りはない。壊れやすいのが難点だがな」

《ピュウイ！　ピュウウゥ——イ！》

あの後——

魔法都市を出た賢者さまは、すぐに郊外の丘でカラちゃんを呼び出して乗り込んだ。

そしてわたし達は、地図と羅針盤に従って進路を取っているわけだが……

「群青郷《ぐんじょうきょう》は森の奥にあるものだと思っていました。まさかお空にあるだなんて」

「いや——森という認識で正しいよ。だが、異界化した領域の入り口は決まって上空に開かれるものだ。きみも知る私の屋敷《やしき》と同様にね」

「あ、あれはそういう仕組みだったのですか」

いずれにせよ現実味のない話だった。

神話でしか聞いたことのない場所。それに、賢者さまが賢者になった場所。

そんな幻の地に、これから向かうだなんて……。

「逸話によれば、そこに聖剣も眠っている……んですよね」

「間違いあるまい。それに――例の〝方舟〟も西へ舵《かじ》を切ったのだろう？」

「！　確かに……言われてみれば」

アニマたち教会もまた空から群青郷を探しているのだ。

しかし彼らに魔法羅針盤はないから、手当り次第に空を駆け巡っているのだろうか？

いずれにせよ――わたし達は彼らより先に、聖剣を手にしなくちゃならなかった。

「それで、わたし達は方舟の代わりにカラちゃんというわけですね」

《ピュウウ～～～イ!!》

背中を撫《な》でてやると、喜ばしそうなさえずりが聞こえた。

「きみに懐いているようだ」

「……もしかしたら、卵の頃の記憶が残っているのかもしれませんね」

なんだか心がほっこりする。

その正体を知らなかったとはいえ、大神殿に祀《まつ》られている宝珠をせっせと綺麗《きれい》にしていた日々もあった。

「カラドリウスは――呪印の影響とはいえ、自らが《神罰《オルテマ》》を生む原因になってしまったことを反省していた。せめてもの罪滅ぼしだろう」

「カラちゃん……」

今まで《天》の魔力を卵の中に封じていたのはカラちゃんだ。

それを無理に悪用していたのは人間なのに……申し訳ない気持ちになる。

「と、いうわけで露払いはきみに任せた。私はザコの相手をしているほど暇ではない」

《――クエエェエイッ!!》

「もう――わたしは用心棒じゃありませんのに！」

空の旅には空の魔獣がつきもの。

わたしは四方から強襲してきたドレイクたちを撃退する――と、そのうちの一羽《わ》から濃紫色の魔石がドロップした。

「なんだ。魔石も簡単に穫《と》れるじゃないか」

「簡単ではありませんよ。確かに空の魔獣は強力なぶん、倒せば大きな魔石が穫れますが……まず彼らを倒すのにも強力な魔法が必要になりますから。堂々巡りなんですよね」

結局、効率よく魔力《マナ》を回収できる方法などないというのが通念だった。

祈りを吸い上げていた王都魔法陣も、あくまで人々の生命力を魔力《マナ》へ転換させているにすぎなかった。

「魔の山に巣くっていたワイバーンも〝空の魔獣〟です。彼らはその凶悪さゆえ、数百年前に一度は絶滅させられた――はずでした」

「はず、というのは？」

「今になって無数に復活を遂げているからです。《アビス》から」

「例の穴か」

賢者さまはわたしから地図を引ったくると、その様子を見て笑った。

「実に滑稽なかたちとなってしまったものだね、この国も」

「ええ……ど真ん中にこうも穴が空くなんて」

現代フォルトゥナ地図の中心は真っ黒に塗りつぶされていた。

ＡＢＹＳＳ《アビス》――そう記された地点こそ、国土にぽっかりと空いた奈落だった。

「空の魔獣たちは《アビス》から、強大な魔力をまとって現れます。穴からはひっきりなしに魔獣が湧くので……普段は教会が結界を張ってフタをする決まりとなっています」

とはいえ、こうして何匹かは漏れ出てしまうのが常だった。

おかげで最近じゃ、魔導船の運行もままならなくなっていると聞く。

「なんて話をしていたら……見えてきましたね」

「ふむ。この目で見るのは初めてだ」

野山や草原を越えた先に、異様な光景が見えてきた。

王国のちょうど中心に穿《うが》たれた巨大な深淵《しんえん》――《アビス》。

陸地をスプーンですくったようなその大円は、この高みからだと暗黒の湖にも見えた。

「私の記憶では、本来の王都もあそこにあった」

「はい。フォルトゥナの中心には建国以来――王都エルドピュイアがありました。しかし都はあの深淵に呑《の》まれ、消えてしまいました。一夜……いえ、一瞬にして」

十五年前の出来事だ。

わたしからすれば大昔に思えるが、賢者さまにしてみればごく最近の事件だろう。

それから遷都して新たに王都となったのが、わたし達も知るアラドバル――

「当時の王都エルドピュイアは――フォルトゥナ王国の中枢として栄えた都市。でした。

魔法文明も最盛期を迎えておりました。魔導器の発展、進化する物流、多角化する交通網
……それこそ今の王都アラドバルよりもずっと発展していたと聞きます」

当時のわたしはまだ生まれたばかりだから、この目で見たわけではない。

「ですが。ある日、突然、何の予兆もなく。王都エルドピュイアの中心地――その七割に
及ぶ面積が綺麗さっぱり消滅しました」

悪夢のような出来事だ。

あれこそが《神罰《オルテマ》》の走りなのだとおののく人たちも多くいる。

「その結果として生じたのが――この《アビス》です。あそこは今、地下奥深くまで何も
ありません。最初から……そういう地形だったみたいに」

「まるでドーナツだね」

「行方不明者約二十万人。王国全域の人口の六分の一、そして王都に住まっていた王家王
族をも巻き込んだ、フォルトゥナ史上最大の悲劇でした」

奥には何かあるかもしれない――

そんな期待から幾度か探検隊が派遣されたというが、のきなみ空の魔獣に食い尽くされてしまったとも聞く。

「本当に……謎だらけの話なのです。今も研究が絶えないくらいに」

「なかなか興味深いね」

なぜ、あのような穴が生まれたのか。なぜ、これまでは無事でいられたのか。今後、同じような現象は起こりえないのか。

十五年前より今まで続く――王国最大のミステリーだった。

＊

カラちゃんの尾先にひとり佇《たたず》む。

眼下に見えるのはフォルトゥナ王国――わたしが生まれ、育ってきた国の全貌。

（…………）

野原の織りなす濃淡まばらな翠緑《すいりょく》の絨毯《じゅうたん》に、点在する湖や小川が思い思いの色を浸《ひた》す。遥か遠くには王都アラドバルの街並みまで望めるも、あの巨大だった王城さえ指でつまめそうなサイズに縮んでいた。

雄大な自然と集落。けれど、そんな王国の景色も美しいばかりではない。

（あっちにも……こっちにも……跡地が、たくさん……）

ところどころ目につく禿《は》げ上《あ》がった丸い荒野。

一片の緑も見えないその地は、間違いなく《神罰《オルテマ》》の爪痕だ。

こうして鳥瞰《ちょうかん》してみると全体像がよくわかる。その轍《わだち》は、やはり王都の周辺……王国全体でいうと東側に集中していた。それに比べて、西半面はまだ無事に見える。

目に入るだけでも二十、いや三十は超えるか。痛ましい跡地を見ていると、魔力《マナ》の欠乏も無理はないとさえ思えてしまう。

だが、何よりもっとも直接的に国土を減らしているのは……

（アビス――ぽっかりと空いた、フォルトゥナの穴）

惜しいな、と思う。

思えばこの十五年で……国の景観はめちゃくちゃになってしまった。

アビスが生じていなかった頃に――《神罰《オルテマ》》が景観を損ねる前に――この景色を見られていたら。

どんなにか美しかっただろうと、そう思わずにはいられない。

『ねえサラ――あなたもこの方舟に乗らない？』

アニマの問いかけが今も脳裏にリフレインしている。

（あそこで「乗る」と答えていたら……あるいは、どうなったのでしょうか）

もやもやした疑問が頭の中で渦を巻いていると……

――ピコン！　ピコン！


「！　羅針盤が反応しました――到着みたいです」

「ふむ。着いたか」

羅針盤の示す地はここだった。

だがわたしの目には、代わり映えのしない森が広がっているようにしか見えなかった。

「ここが群青郷――って、何もありませんけど……？」

「いいや。ある。今はただ、ヴェールに包まれているだけだ」

そう言うと、賢者さまはそっと眼下に手を掲げた。

「時よ経《ふ》れ――移ろう時雨《クロノレイン》」

「――あっ」

飴色《あめいろ》の雨が一帯へと降り注いだ。

すると、深緑に広がっていた森のうち、ちょうど真下のエリアだけが碧《あお》く染まる。

その周囲には、光る壁のようなオーラがそびえていた。

「これは――筒状の結界……！　なるほど、だから上空から入るんですね」

「ああ。だが――妙だな」

「妙？」

賢者さまはおとがいに手をあてて唸った。

「群青郷は確かに幻の地だ。だが、この結界はなぜだか二重に張られている。自然に生まれたものではない」

「え――それって……？」

「どうやら――ただ異界化しただけの領域ではないらしい。外部の人間を踏み入れさせまいという、何者かの意志を感じる」

興味深そうに微笑《ほほえ》む賢者さま。

だとすると、この先に何が待っているのか。

「――行けばわかる。さあ、聖剣とご対面だ」

わたし達はカラちゃんから降り立ち、慎重に森へと入っていった……。

第九章　群青郷《ぐんじょうきょう》ナ・ノーク

九人の賢者が没しても、彼の封印は解けなかった。
出会った一匹の猫だけが、時の賢者に寄り添った。
彼女は名を、人の姿を与えられ、彼を甲斐甲斐《かいがい》しく世話するようになった。
それでも最後まで、彼の寂しさが癒えることはなかった。

――さみしいさみしい時の賢者。
――また数百年の時がうつろう。
――時の賢者の黙示録　失われた一節より

そこは蒼白《あおじろ》い森だった。

サファイア色に染まった木々に抱かれ、珍しいコケリンゴの実がみずみずしく生《な》るなか、近くには苔《こけ》むした宝箱が乱暴に捨てられている。

夢と現実が同居したみたいな、幻想的な光景だった。

「ここが——群青郷ナ・ノーク……」

あまりの神秘性に息を呑《の》む。

あふれんばかりに満ちた魔力《マナ》の粒子が、極彩色の燐光《りんこう》となって空気中を彩っていた。

「……よもや、ここまで昔と変わらないとはね。まるで時が止まってしまったかのよう」

なんでもこの地は、太古の環境をそのまま残しているという。

そして群青郷といえば、言わずと知れたあの伝説——

「賢者さまは……ここで、女神さまと契約を結んで、賢者になられたんですね」

「ああ。私だけではない。《火》の賢者も《水》の賢者も……この地で結んだ契約により、共に女神《メフィリム》の使者となった。ま、皆とうに息絶えてしまったがね」

賢者さまは寂しげに遠くを見つめて言った。

女神と十賢者の最終契約——わたしも、神話時代の出来事に思いを馳《は》せる。

(……不思議な気分です。そんな大昔のこと、今まで空想することしかできなかったのに)

今はどこか、その歴史に息遣いすら感じてしまう自分がいた。

「私のことはいい。それより、今はブツの確保が優先だろう」

「そうでした」

アニマ達《たち》よりも早く目的地へはたどり着けた。次に求めるものはひとつ。

さらに、木々をかき分けて進んでいくと……

「あ……」

「お出ましか」

やや開けた広場に出た。

そこには棺《ひつぎ》のような石盤が平らに横たわっており、その中心には深々と剣が突き刺さっていた。

「聖剣レグナディアリ――……！　まさか本当にあったなんて……」

十字架のごとく孤立する一振りの剣。

その光景はおとぎ話の挿し絵にそっくりで、剣の意匠もまた女神像が佩《は》いていたものと同じだった。

近くに一発だけ《神罰《オルテマ》》の跡が残っていたが、当の剣はまったくの無傷。

聖剣はあったのだ。伝説の地、群青郷ナ・ノークにあったのだ。

「ああ……信じられません。こんな奇蹟《きせき》が。この二千年、誰にも見つけられなかった秘宝が今、わたしの前に……」

「感動はいい。それより、さっさとアレを抜いてこい」

「アレって……聖剣をですか」

「他に何がある」

賢者さまに言われるがまま、わたしは小走りで石盤へと駆け寄っていった。

「ほ、本当にいいんでしょうか？　触っちゃっても……」

「当然だ。ひと思いにやれ」

何せこの王国そのものを斬り出した伝説の剣だ。素手で触るのも恐れ多い。

とはいえ……放っておけばいずれ敵の手に渡ってしまうのも事実。

わたしは覚悟を決めると、垂直にそびえる剣の柄を両手でがっしりと摑《つか》んだ。

そして……

「ううぅぅ～～～～ん…………!!　えいっ…………!!　む、むぐぐ……!!」

思いっきり引き上げる！

全力で、倒れるくらいに、顔を真っ赤にして格闘する、けれど……

「む――無理です！　びくともしません――とても抜けっこありませんよ！」

めり込んだ刃先はぴくりとも動いていない。

やはり、選ばれし者にしか引き抜けない――という伝説もまた確かなのではないか。

「ふあぁ。もっと腰を入れたまえ、腰を。そんなへっぴりではカブも抜けん」

「賢者さまも見てないで手伝ってくださいよう！」

「私はきみのように頑固な肉体まで持ち合わせていないのでね」

お互いにあせいこうせいとぶーたれている、と――

『聖剣は秩序と安寧の象徴——決して抜いてはなりませぬ』


「え……？」

どこからか、声がした。

幻聴かと思って振り向いてみると……彼は最初からそこに立っていた。

『群青郷へようこそ。お待ちしておりましたよ——ご両人』

わたし達を出迎えた存在。

それは……人の顔《かんばせ》を貼りつけた、一本の大樹だった。

＊

「あ、あなたは……⁉」

『私はロマノフ。そしてここは、群青郷ナ・ノーク——女神が愛した魔力のオアシスです』

ロマノフと名乗った男性の穏やかな声が森に響く。

気になることは山ほどあるのだが……何よりまず。

「あのう……あなたのビジュアルが気になっちゃうんですけど」

『？　はて、私の顔に何かついておりますかね』

「そうですね。樹液とか……」

わたし達と会話をしている彼は――そびえ立つ人面の大樹だった。

『これは失礼。ですが、世の中には人語を解する魔鳥や魔獣もいます。喋《しゃべ》る樹《き》がいても不思議ではないでしょう』

「なるほど！　確かにそうですね」

「いいのか？　それで納得して」

そういうものだと思えば、すんなり飲み込めた。

「して……抜いてはならぬ、というのは？」

『ええ。地に刺さりし聖剣は――今もフォルトゥナの全土に加護をもたらしているためです。いわば、王国を宙に繋《つな》ぎ留《と》める錨《いかり》のように。ひとたびそれを抜いてしまえば……国土はますます不安定になってしまうでしょう』

「！」

大樹ロマノフさんの言葉には説得力があった。

聖剣はここに刺さっていたことで、人知れずわたし達に恩恵を与えていたのだ。

「――だ、そうですよ。賢者さま。やはり一度考え直したほうが」

「いいからさっさと抜け。私と木偶《でく》、どちらの言うことを信じるつもりだ」

お尻をペチンと引っぱたかれる。

この人ときたら本当にデリカシーがないというか……。

『やれやれ……神をも恐れぬお方だ。しかし、聖剣をそこから引き抜くことは能《あた》わないでしょう。たとえあなた方が《月光》の聖女や《時》の賢者さまであったとしても――です』

不意にわたし達のことを言い当てられ、びくりとする。

「わたし達のことをご存知なのですか……⁉」

『ええ。ご挨拶が遅れ申し訳ありません。私はあなた方を心待ちにしていたのですよ――聖女ツァイトブローム様。賢者レーヴァキューン様』

「ほう」

一礼するように、大樹さんの広がる枝がゆさゆさと揺れた。

『私はかつて、聖メフィリム教会に属する、しがない神父でした』

「し、神父さんだったんですか⁉」

『ええ。とはいえ……もう十五年前の出来事になりますが』

彼が神父さんだったとするなら、聖剣の伝承に詳しいのも納得がいく――けれど。

「それじゃあ……どうして今の神父さんはそんな姿になっているのですか？」

『……少々ヘマをやりましてね。同じ教会の――ノヴァ派の怒りを買って、封印されてしまったのですよ』

「なっ……！」

彼は望んでこの姿になったわけではなかった。

しかも彼を陥れたのは教会のノヴァ派――とても他人事《ひとごと》とは思えない。

わたしはいくつかの白魔法を試すも、傷ついた樹皮を回復するだけしかできなかった。

「変異型の呪い──そうだ。こうした解呪なら確か、大司教さまが得意としていたはずです。こちらにお呼びして──」

『いえ。それはなおさら叶《かな》わぬことです、サラ様』

「なぜ……？」

『私をこの姿へ変えたのも──大司教バシリウスその人だからです』

わたしは驚愕《きょうがく》し、絶句した。

「ま……待ってください。どういうことです……⁉」

『簡単なことです。聖メフィリム教会・ノヴァ派──彼らを主導しているのもまた、大司教さまに他ならないのですよ』

大司教さまは……わたしに聖冠を授けてくれた、教会のトップ。

なのに、ノヴァ派の主導者もまた大司教さまだなんて……。

『十五年前──ノヴァ計画を巡って、私は彼と対立しました。その仕打ちとして、この姿へ変えられてしまったのです』

アニマが口にしていたのと同じだ。

聖メフィリム教会が抱くという計画の奥深くに、この神父さんは関わっている。

「まるでこちらの状況を知っていたような都合の良さだねえ。鵜呑《うの》みにしていいのか、聖女？」

「……色々と信じがたいことは多いです。が――彼が長らくこの姿で待ち続けていたのは確かなようです」

そしてわたし達が訪れなければ、この出会いもなかった。永劫《えいごう》に。

「だから信じます。神父ロマノフさん、あなたを」

『ありがとうございます。お二人に出会えた幸運に感謝し――私も持てる限りの知識をあなた方に授けましょう』

そのとき、わたし達の足元に這《は》う大樹の根っこが光り始めた。

『私の根を摑んでいただけますか。お二人とも』

「根……ですか？　なぜ？」

『《共交信《テレパシー》》を発動します。言葉で伝えるよりも、見ていただいたほうが早いかと思いまして』

テレパシーは本来、手を握った相手に思念を伝える交流魔法だ。

ロマノフさんは樹の状態からそれを発動できるという。

「……賢者さま。ご一緒に」

「退屈はさせないでくれたまえよ」

賢者さまも拒むことなく、そっと木の根に手をあてた。

『なぜ《ノヴァ派》が生まれたのか。十五年前のすべてをお伝えします。そしてこれは、私が人間であった頃の、最後の記憶です――』

そうしてわたし達の意識は、大樹の根元へと溶けていった……。

＊

気づくと古い木造建ての一室にいた。

ここは……教会だろうか？

わたしも〝巡礼〟で訪れたことのある、司教座都市の教会だった。

「……どうすればよいのだろうな」

「これから、地道に積み重ねていくしかありませんね」

そこには二人の聖職者がいた。

聖書を抱いた司祭服の男性へ、僧服《カソック》を着た茶髪の男性が返事をしている。

司祭服の男性の顔には覚えがあった。

(あれは……もしかして若い頃の大司教バシリウス卿《きょう》？　そして隣にいるのは——見覚えはありませんが、声からしてロマノフさん⁉)

びっくりして声を上げた——つもりだったが、彼らには聴こえていなかった。

これはあくまでも……神父さんの過去の記憶なのだ。

それから場面が変わった。

目の前にはでかでかと空く巨大深淵《しんえん》──《アビス》だ。

「……これが《アビス》ですか。この目で見るのは初めてです」

「ああ。我らが王都エルドピュイアは……この奈落へと消えてしまった。王家も、本教会も」

語らう若き大司教とロマノフさん。

どうやらこの映像は《アビス》が生じて間もない頃のようだ。

「大穴からは常に空の魔獣が湧く。ドレイク、グリフォン、ワイバーン──いずれも、濃紫の強大な魔力《マナ》をまとった脅威だ」

「より強固な対策を練らねばなりませんね……」

未曾有《みぞう》の現象とあって、まだ聖騎士たちも大結界を張るのに苦戦しているようだった。

そんな状況を眼下に眺めつつ、若きバシリウス卿は呟く。

「この国は今や、かつてない苦難の渦中にある。だが、我々が諦めなければきっと立て直せるはずだ」

「その志に感銘いたします。不肖ロマノフ、最後までお供いたします」

「ありがとう、ロマノフ。頼りない新米大司教だが──ついてきてくれ」

十五年前。当時のバシリウス卿は、まだ臨時で大司教に任命されたばかりだった。

その両肩には、さぞ重い責務が乗っていたことだろう。

また場面が切り替わり、再び司教座都市の教会へと戻ってきた。

礼拝堂の入り口に多くの市民が詰めかけている様子だった。

「魔石をくれ！　魔具のほとんどが動かないぞ！」

「そうだ。このままじゃ火もつけられない。どうやって冬を越せっていうんだ」

「シスターを呼んでくれ！　街道で魔獣に襲われちまってよ——教会ならどんな怪我《けが》でも治してくれるはずだろ……⁉」

人々は口々に不満を叫んでいた。

そんな教会の奥の小部屋では、二人が額に手をあてている。

「……参った。備蓄の魔石はもうない。シスターたちも、連日の稼働でもう限界だ」

「深刻な魔力不足——王国中、どこも同じような状況のようです。やはり、あれだけの国土が急に消滅してしまっては……」

彼らが直面していたのは、現代でもよく見かける〝魔力欠乏〟の光景だった。

多くの一般市民は体内に魔力回路を持たない。だから、魔法を扱える聖職者——わたしや姉さんのような——が、白魔法の施しを与えるわけだ。

だがその常識は、時に人々の傲慢さを浮き彫りにすることもあった。

「しかし……ふっ。皮肉なものだな。旧都《エルドビュイア》の人口がごっそり減ったおかげで、辛《かろ》うじて供給を保てているとは」

「……首の皮一枚ですがね」

医療。農作。飛行の交通。生活のあらゆる場面で魔力《マナ》が必要だというのに、王国の発する量には限度がある。

思えばこの頃は、魔力欠乏の問題が初めて表面化した時代なのかもしれない。


そしてまた場面が変わった。

今度は見覚えのある内観――王都アラドバルの大神殿だ。

「〝恵みの雨〟が必要だ」

バシリウス卿が言った。

「今のフォルトゥナ王国を復興へ導くには……すべての人々を救う〝恵みの雨〟が必要なのだ」

「恵みの雨――ですか。まるで神話の『ノヴァの方舟《はこぶね》』ですね」

〝ノヴァの方舟〟はフォルトゥナ神話第四章にある一節だ。

かつて女神メフィリム様は山頂で敵軍に囲まれてしまった。しかしその時、恵みの雨が大量に降り、周囲が沈んでしまったことで、方舟を使って脱出することができたという。

「よい着想だ。ならばフォルトゥナを救済するこの方策は――『ノヴァ計画』としよう」

それから二人は、魔法の研究に明け暮れることとなった。

場面が見知った森の中へと切り替わった。

彼らが発見し、到達したのは——ここ群青郷ナ・ノークだった。

「ここが群青郷。よもや実在していたとはな」

「おお……！　潤沢な魔力《マナ》の流れを感じます。ここならばきっと、救済の方法も閃《ひらめ》くはずです」

バシリウス卿は大神殿から《天空》の宝珠メルスフィアを持ち出していた。

そして、彼はこの地の古代環境を活《い》かして、宝珠——つまりカラちゃんの卵——の魔力《マナ》を解き放つことに成功した。

「見よ、ロマノフ！　《天》の魔法を復活させたぞ——これで王国のどこにも奇蹟を届けることができる！」

「これは……雨、ですか？」

「回復薬《ポーション》の雨だ。浴びればたちまちに傷が治るし、南端の干ばつ地にも降らせることができる。まさに恵みの雨だろう？」

それからも彼は古代魔法の研究に没頭した。

失われたはずの《天》魔法を次々と復活させていった。

隣人を、フォルトゥナを救うために。

「《天》の魔法は王国のどの座標にも起こすことができる。教会のない僻地《へきち》や集落にもだ。もし、自由にこれだけの白魔法が皆に与えられたら……！」

しかし、その努力はやがて致命的な壁にぶち当たってしまった。

「不可能だ。どうしたって限界だ。いくら《天》の魔法が万能でも、魔法を使うには魔力《マナ》が要る。堂々巡りだ。魔力不足の窮状は変わらない。すべての隣人を救うことなどできない……！」

筆舌に尽くしがたい苦悩がわたしにまで伝わってきた。

だが――その苦悩は、思いがけず終わりを迎える。


――ドスン…………。


森林に座り込むバシリウス卿の目の前で、偶然、生《な》っていたコケリンゴの実が落下した。

なんてことない光景のように思えた。

しかし彼は、雷に打たれたように立ち上がって目を見開く。

「……そうか。そうすればよかったのか。おお……そうとも。私は窮屈に囚《とら》われすぎていた。何もかもを救える魔法がないのなら、創れればよい！」

それからの大司教さまは、取り憑《と》《つ》かれたかのように魔法式の開発を続けた。

大司教さまはメルスフィアの正体に気づいているわけではなかった。

それでも、宝珠を使った実験を何度も繰り返すうちに、彼は理解したのだ。

宝珠メルスフィアが単なる水晶玉ではないということ。

そして《天空》を司《つかさど》る遺宝はいくつもの天の恵みを彼に与えてきた。

ゆえにその機構を利用すれば、天の災いをも引き起こせるということに。


彼の《天》魔法は破滅的な方向へ進化を遂げた。

天雷を落とし、吹雪を起こし、果ては隕石《いんせき》さえ操れるようになった。

その苦節の果て、ついに……


「完成だ」


彼は天災を創り上げた。

彼の周囲にあった樹木は、すべてがぺしゃんこに押し潰されていた。

絶大な衝撃を堕とす天の魔法――《神罰《オルテマ》》の完成だった。

「なんです……⁉　一体なんなのですか、その魔法は――バシリウス卿……⁉」

「〝恵みの雨〟だよ。我々が求めていた」

大司教さまは、憑《つ》き物《もの》が落ちたかのように微笑《ほほえ》んでいた。

「人は……人は天災に抗《あらが》えない。我々がそうであったように。なればこそ、人類を希望へ導くのも、また天災でなくてはならない。女神に代わって……我々が裁きを下すのだ！」

「まさか──その魔法を、王国へ降らせようというのですか……⁉」

破滅的な魔法の完成を知って、ロマノフ神父は最後まで抗った。

だが……

「残念だよ。貴様はもう必要ない──この地で永劫に眠っていろ、ロマノフ」

「く──が、ぁっ……っ……⁉」

大司教さまの魔法陣が輝く。

《変異形態《メタモルフォーゼ》》の魔法だった。

ロマノフ神父の皮膚が、僧服《カソック》が、徐々に樹皮へと置き換えられていく。

手を伸ばそうとするも、当然わたしには止められない。

「新《ノヴァ》・フォルトゥナを創成する。真に大切なものは何なのか。我々は今一度、天秤《てんびん》にかけるべき時なのだ──！」

＊

「…………」

長い追想を終えて、わたしの意識は現代のナ・ノークへ戻ってきた。

聖剣のそばに残された、一発分だけの凹《へこ》みが時の重みを物語る。

「《神罰《オルテマ》》の魔法式を発明したのは――大司教さま……」

『はい、これが……十五年前にこの地で起きたすべてです』

すべての元凶は彼だった。宝珠には《神罰》の魔法式までもが刻まれていたのだ。

「見世物としてはおざなりな幕引きだったね。あの後、白髪の男はどうなったのだ？」

『はい。私はこの姿にされながらも、最後の抵抗を試みました。バシリウス卿をこの地から追《つい》放したのです』

《追放《バニッシュメント》》。対象者をその場から排斥する魔法だ。

『群青郷は異界――たとえ足を踏み入れたことのある者でも、再び在《あ》り処《か》を探すのは難しい。以来、彼はこの地を死にものぐるいで探すこととなります』

教会はなぜ群青郷の実在を信じているのか？

その答えは単純だった。他ならぬ大司教さまが実際に訪れたことがあったからだ。

「この地が二重に閉ざされていたのも、きみのせいか」

『いかにも。この地の奥底には太古の神獣の亡骸《なきがら》が眠っています。私は根を通じてその魔力を汲《く》み上《あ》げ、再びここを閉ざしたのです。そして《天》の魔法である《神罰《オルテマ》》は、ここの古代環境なくして起こすことではできない……はずでした』

だが、五年前――突如として王国には《神罰《オルテマ》》が起こった。

その後についてはわたしも知る通りだ。

『今の私は地脈を通じ、わずかに外界の様子を見聞きすることができます。大変だったようですね……サラ様』

「ええ。色々と」

大司教さまは計画の再執行を常に目論《もくろ》んでいた。

宝珠《たまご》単品でも《神罰《オルテマ》》を起こせたガスパール王子は、うってつけの手駒だったのだろう。

『《天》の魔力が解放されきった今、すべての《神罰《オルテマ》》はバシリウス卿がコントロールしているはず。ノヴァ派という配下を従え、今でも〝救済〟を執行するつもりなのです』

その歪《ゆが》んだ理想は、否《いや》が応《おう》でも察せられた。

「王国、墜落《ついらく》――」

『……はい。かつて従えた身で、認めたくはありませんが……』

大司教さまは言っていた。女神に代わってフォルトゥナに裁きを下す――と。

現実に絶望した彼は、それほどまでに極端な思想へ走ってしまったのだろうか？

「……ありがとうございます、神父さん。おかげで全体が見えてきました」

『礼には及びません。それに――この話には、まだ続きがあるのです』

「続きが？」

『ええ。ほんの少しですが。五年前……この地に足を踏み入れた者が、一人だけおりました。サラ様もよく知る人物です』

「わたしのよく知る……？　その方というのは――？」

『聖剣の刺さっている――石盤の側面をご覧ください。彼女の刻んだメッセージが、今も残っているはずです』

神父さんに促され、わたしは横たわった石盤の元へ歩み寄った。

すると、そこには……

――聖剣の封印を解いてはいけない。ノヴァ派は大地に破滅を招こうとしている。

――Sirica Zeitblom

「……!?」

石盤に刻みつけられた文言を読むわたし。最後の署名を見て飛び上がりそうになった。

この名は――

『そちらは――五年前、この地を訪れたシリカ様が残されていったメッセージです』

「そう――だったん、ですね……」

「――誰だ、そのシリカというのは」

「……姉です。わたしの」

賢者さまにその名を明かすのは初めてだった。

そしてわたしも――誰かから姉さんの名前を聞いたのはいつぶりだろう。

『シスター・シリカ様は一派の人間に先んじてこの地を発見したのです。当時の私は、まだ言葉を発せませんでしたが……彼女の真摯な表情は記憶に残っています。しかし……その後、本人が帰ってくることはありませんでした』

「姉さん……」

五年前の出来事なら結末は決まっている。

姉さんは……わたしの身代わりとなって、押し潰されてしまったのだから。

『だからこそ私は——この地の守り手として生きることを決めたのです。そして妹のあなたが聖女の位についたと知り、希望を見出《みいだ》しました。サラ様。あなたなら必ずシリカ様の遺志を継いでくれると』

「これが……姉さんの遺志……」

姉さんから譲り受けた指輪に視線を落とす。

垣間《かいま》見《み》た十五年前の過去から、現代にまで連なるフォルトゥナの歴史がよみがえった。

『計画の真の姿は、未《ま》だ私にもわかりません。しかし、ただ事でないことは歴史が証明しています。ゆえにサラ様——賢者さま——お願いします。どうか彼らノヴァ派の思惑を暴き、フォルトゥナに真の平和をもたらしてください』

＊

『サラ。あなたは自由に生きなさい。魔法にも、世の中にも縛られず』

窓辺に差した暖かな木漏れ日を思い出す。
誰よりも敬虔《けいけん》だった姉さんは、最後までわたしに生き方を示そうとはしなかった。
それでも結局、わたしは姉さんの後を追って修道女になるのだけれど……
聖女にまでなった今のわたしを見たら、なんて言ってくれるだろうか。
姉さん、姉さん――

*

「――夢……か」
もたれていた木の幹から身を起こす。考え事の末に、うたた寝をしてしまっていたようだ。

――ずどおおおおぉぉぉぉぉん…………。

遠くで、音が轟《とどろ》いた。
教会は今もどこかで《神罰《オルテマ》》を堕とし続けている。すべては、かの計画のために。
幻想的な森の中を散策しながら、わたしは頭をリフレッシュさせる。
一旦、ここまでに掴んだ情報を整理してみよう。

（『ノヴァ計画』は――元々、フォルトゥナ王国のピンチを救うために立てられた方策でした。しかし、大司教バシリウス卿の暴走により、いつしかその理想は道を外れた……）

その発端となった希望の魔法こそが《神罰《オルテマ》》。

ロマノフ神父の追放により一時は停滞した彼の野望だったが、王子やアニマといった人材が生まれたことでその計画は再び動き始めた。

ならば、ノヴァ計画の骨子とは何か？

（素直に考えれば――女神さま気取りで神罰《しんばつ》を執行し、王国を墜落させようとしている。

……ってことになりますが）

どこかしっくりこない。

あれほどフォルトゥナのことを真摯に考えていた大司教さまが、一夜でそこまで破滅に傾倒するだろうか。

（アニマは――ガスパール王子さまの仕業を「序章」と称していました。なら、教会の描くビジョンはその先に……？）

まだ、不可解な点は多い。

まず、煉獄《れんごく》と化した地上に降りるなんて女神さまの教えに真っ向から反してしまう。

なら、天空のどこかに新天地を見つけた？　そんな話は聞いたことがない。

いや、たとえそうだったとしても、それこそ魔導船でも使って移住すればいいだけのこと。

（王子さまには……地上をその目で見たいという渇望があった。神話なんか知ったことじ

ゃないと。でも、教会はそうじゃない）

聖メフィリム教会は――誰よりも神話を信ずる組織だ。

そんな彼らが国を堕天に導こうというなら、どこかに一面的な正義は残しているはず。

（そもそも堕とすことに何の意味があるのか――墜落させてどうするつもりなのか――この疑問が解決しない限り、真相には近づけない気がします）

わたしの見過ごしているどこかに明確な『解』がある。そう思えてならなかった。

そして、未《いま》だに残っている最後の鍵が……

「この……聖剣レグナディアリ」

地上からこのフォルトゥナを解き放った、原初の遺宝だ。

（彼らがこだわる以上――聖剣が『計画』の中核に関わっているのは間違いありません。でも、それはなぜなのでしょう……？）

神父さんによれば――聖剣は王国の錨《いかり》。

もし、これが抜かれたなら、姉さんの警告していた〝破滅〟に繋がりかねない。

そして伝承によれば聖剣を引き抜けるのは《大地》の適合者だけ――その条件を満たすのは、十中八九アニマだろう。

（アニマは……真の聖女になると宣言していました。聖剣を抜く行為が、それに繋がるというのでしょうか？）

アニマは聖女の証《あかし》にこだわっていた。錆《さ》びた聖冠すら強奪するほどに。

『真に大切なものは何なのか。我々は今一度、それを天秤にかけるべき時なのだ――！』

バシリウス卿は高らかにそう言っていた。

天秤にかける……というからには、左右に別のものが必要だ。

真に大切なもの――とは一体、何と何のことを指すのか？

（天秤と言って思いつくのは、わたしとアニマの命運を分けた『聖者の天秤』ですが……）

関係ある気もするし、ないような気もする。

「う――――ん…………あ、おっとと！」

立ち上がって体を伸ばそうとすると、勢い余ってズッコケてしまった。

「もぐもぐ――まだ陸酔《おかよ》いでもしているのか。間抜け」

「ち、違いますよう。少々、考えすぎて参ってしまっただけで」

よろけたわたしは、不意に現れた賢者さまによって支えられていた。

（びっくりした……いきなりこんな距離に現れるなんて）

なんだか慌てつつ距離を取る。こほん、と一旦せきをして。

「それより賢者さまは何かわかりましたか？　ノヴァ計画の全貌について」

「知らん。それより聖剣《こいつ》を抜く方法を考えたまえ。これればかりはいくら《時》を操作しようとどうにもならんのでね。シャクシャク」

「まずは国の平和が先決です——！」

女神の遺宝は何人《なんぴと》にも傷つけられない——それは賢者さまであっても同じこと。

聖剣を抜くだけならば、適合者——アニマ次第でどうにかなる気もするが、それはそれで敵の思惑通りになってしまう。

「で、さっきから何を食べているんですか？」

「コケリンゴだが」

「……おいしそうですね」

碧《あお》く実ったコケリンゴを丸かじりする賢者さま。

少しうらやましくなり、わたしもそこかしこに生っている実をひとつもいだ。

「コケリンゴは——古来、知恵の実と称されていたものだ。この森一帯くらい食べ尽くせば、きみのスカスカなおつむにも少しは知恵が宿るだろう」

「賢者さまこそ賢者というなら知恵を授けてくださいよ。シャクシャク」

並んでコケリンゴをかじりながら幻想的な森を見つめる。

そういえば……大司教さまも最後には、コケリンゴが木から落ちる瞬間を見て何かを閃いていたっけ。

「ねえ、賢者さま」

「なんだ」

ちょうどよい静けさだと思い、わたしは気になっていたことを訊《たず》ねてみる。

「女神メフィリム様って……どんなお方だったんですか？」

「何を言うかと思えば。そんな伝承、いくらでも現代に残っているだろう。聖なる母だの、慈悲深き神だの」

「そうですけど——賢者さまのお口から聞いてみたいというか」

わたしとしては、当時の光景が気になるところだったが……

「狡猾《こうかつ》な女狐《めぎつね》だ。それ以上語ることはない」

「相変わらずですね……」

彼の女神さま嫌いは、ここでも変わらずなのだった。

「でも賢者さまは——女神さまの三大遺宝を集めているんですよね。《天空》の宝珠に、《大地》の聖剣もきたとなると……やはり次は《境界》の神弓を探すのですか？」

「……いや。神弓なら——もう手にしている」

「え……」

初耳だった。

神弓は伝承によれば地上に残った女神さまが使ったもの——天空《フォルトゥナ》にはもはや現存しないと考えられていたものだ。

また、だとすれば、聖剣をもって賢者さまの元に三大遺宝すべてが揃うことになる。

（三つ揃えると何かが起こる——なんて伝説は聞いたことないけど。賢者さまがこだわるなら、もしかして何かあるのかも……？）

何せ彼の目的は――〝女神さまを殺す〟ことらしいのだから。

ますます気になってじ～っと視線を向けるも、煩わしそうにため息をつかれた。

「与太話はいい。きみは聖剣をどう引き抜くかだけを考えろ――その時間くらいはくれてやる」

「およ……？」

次の瞬間、わたしの周りの景色だけがモノクロに切り替わった。

何度か体験した遅滞魔法《ディレイ》――灰画の禁域《グリザイユ》だ。

「時の流れを緩くしておいた。下手の考えでも、少しはマシな発想に至れるだろう」

「……ありがとうございます」

なんだかんだで優しい面もある賢者さま。

そんな彼は去り際――コケリンゴの芯を地へ還《かえ》しつつ、意味深な言葉を残していった。

「この国は魔法に閉ざされている――先の運命を切《き》り拓《ひら》けるかどうかは、きみ次第だ」

＊

やがて夜が更け、朝を迎えた。

目の前には突き刺さったままの聖剣レグナディアリ。

石像のように座り込んだわたしを、暁の光が明るく照らす。

（さすがに眠くなってきましたね……ですが……休んでいる、わけには……）

わたしは瞑想《めいそう》の極地に達していた。

ただひたすらに悩み、沈思黙考にふけり続けた。

その時──


──ドサッ…………………。


目の前の木からコケリンゴの実が落ちた。

いつかの大司教さまと同じように、わたしはそれをぼうっと眺めていた。

しかし何も起こらなかった。

「はあ……ダメですね。リンゴが落ちるのを見たくらいで閃くだなんて、ぶっ飛んだ天才じゃあるまいし」

そんなうまい話があるわけなかった。

一方、落ちたコケリンゴは、そのまま草むらの中をコロコロと転がっていく……。

「──え？　あっ」

瞬間。

脳裏に雷《いかずち》が落ちた。ほんとの雷に撃たれたかのように、即座に立ち上がる。

「っっっ……!! え――これ、待って、ってことは、もしかして――……!?」

バラバラに錯綜《さくそう》していた脳の回路が途端に繋がり始める。

思い出せ。思い出すんだ。大空から見た、フォルトゥナ王国のすべてを。

フォルトゥナ王国。ドーナツ状の天の孤島。中心に生じるはアビス。広がる野山に湖。

遷都した王都アラドバル。付近に頻発する《神罰《オルテマ》》。無事だった西側。禿《は》げ上《あ》がった荒野。霊峰の修道院。ノヴァの方舟。天の魔法。大地の聖剣。国斬りと浮遊の奇跡。世界のかたち。敬虔だった大司教。地上の煉獄。空の魔獣。人口の増加。慢性的な魔力《マナ》の枯渇。

そして大司教の残した天秤という言葉……。

「天空……天災……天秤……そうか！ そうだったんだ！ ああ、だから、だから!!」

気づくとわたしは森の中を駆け出していた。

彼らが至った理外の発想、その真髄にようやくたどり着いた。

＊

「賢者さま、賢者さま――いない。ああもう、肝心な時に。だったら神父さんは――!?」

賢者さまの姿はどこにも見当たらなかった。

神父さんはもちろんいつもと同じ位置に、変わらぬ様子でそびえている。

『——どうかなさいましたか。サラ様』

「はぁ、はぁ……わかったんです！　ノヴァ計画の全貌が！」

神父さんが息を呑んだ。

「——天秤、なんです。全ては」

『天秤……？』

「そうです。天秤は、片方に重しを乗っけたら、どうなります」

『傾くでしょうね』

「その通り。傾きます。なら、傾き続けたらどうなると思いますか？」

わたしの思わぬ質問に、神父さんは面食らった——ように思えた。

『それは……重しの乗った皿が底についてしまうでしょう』

「ええ。でも、底なんかないんですよ。この天空には！」

『っ……⁉』

わたしは取り出したコケリンゴをその場へ置いた。

すると、コケリンゴはコロコロと東へ向かって転がっていく。

「この王国はもう——東へ傾いています。わたしが何度か転んだのも、陸酔いのせいじゃなかった」

その理由は単純明快。フォルトゥナの東部にはずっと《神罰《オルテマ》》が落ち続けていたから。

あの偏りは、決して偶然じゃなかった。

「《神罰《オルテマ》》は墜落をもたらそうとしている。その前提が、そもそもの間違いだったのです」

『王国の傾き……墜落でなく……っ。まさか』

「そうです。彼らは、フォルトゥナ王国を堕とそうとしているんじゃない――」

つまり――

「ひっくり返そうとしているんです‼」

群青郷の空気が震撼《しんかん》する。

次の瞬間、森と外界を隔てていた碧《あお》き結界が断ち切られた。

「ご名答――たまには冴《さ》えるのね、サラ」

覆われた幻想のモヤを突破して――巨影をあらわす白銀の大方舟。

旧《ふる》きわたしの幼なじみが、その舳先《へさき》に佇《たたず》んでいた。

第十章　あめつちのカタストロフィ

群青郷《ぐんじょうきょう》の真上にでかでかと出現したノヴァの方舟《はこぶね》。

数多《あまた》の聖騎士たちを従えて、アニマ・コンクラーヴェがこちらを見下ろしていた。

「アニマ――いつの間に⁉」

「ようやくこの地を見つけられたわ。あなたがいることも含めて――ふふ、どうやら大正解だったようね」

こちらが想定していたより、ずっと早い来訪だった。

「褒めてあげるわ、サラ。よく〝ノヴァ計画〟の全貌を暴いたわね」

「ッ……当たってほしくは、なかったですけどね――！」

わたしの推測は当たっていた。やはり彼らには一面的な正義がある。

「思えば最初からヒントは転がっていました。《神罰《オルテマ》》は……元から王国の東側に集中している。それは、たまたま宝珠が王都にあったからだと思っていました。でも……本当は違ったんですね。初めからあなた達《たち》は、意図して片面にだけ負荷をかけ続けていた」

宝珠の呪いが消えた今も――《神罰《オルテマ》》はやはり王国の東に集中して落ちている。

《天》の魔法は王国のどの座標にも落とすことができるというのに。

それが偶然でないのだとすれば正解はひとつ。

「大地の片面にのみ《神罰《オルテマ》》を加えることで――王国全体がシーソーのように傾き、やがて反転する。そして選ばれし人々だけが方舟に乗って――《アビス》を通って脱出する。それが、ノヴァ計画の正体です！」

アビスを通って向かう先はこの王国の裏面だが、反転が成功してしまえばその地こそが表面になる。方舟に乗れなかった人々は、ただただ天地が裏返るのを受け入れるしかない。

アニマは弾《はじ》けたように笑った。

「その通り――大正解よ、サラ！　五年前からの《神罰《オルテマ》》はすべて計画の布石にすぎない。《天》の宝珠を弱らせ、《地》の聖剣を解放する――ノヴァ計画とは『天地反転』の奇《き》蹟《せき》なのよ！」

あの日、落ちるコケリンゴを見て大司教さまは思い至ったのだ。その遠大な計画を。

「王国をひっくり返そうなんてめちゃくちゃです――なぜそんな真似《まね》をするのですか⁉」

「愚問ね。同じ考えに至ったあなたなら……とっくに気づいているんでしょう？」

「っ……」

否定できなかった。

わたしには、教会の考えがとうに察せてしまっていて。

「魔力《マナ》欠乏の、解消――」

「その通り！　女神さまの浮かべたもうたフォルトゥナ王国は――この二千年、一度も堕《お》ちることなく栄えた。けれど当時、王国の人口は二十万人にも満たぬ数だった。ゆえに豊かな資源を分け合い、平和に暮らすことができていたの。それが今はどうかしら？　国内の総人口は百万人にも及び、かつては豊潤だった自然界の魔力《マナ》はどこもかしこも欠乏している！　だというのに魔力《マナ》の豊かな人間は聖職者となって、能のない平民の生命維持にあてがわれている。防護やら、回復やらね。このままじゃ……王国は先細り、衰退していくだけ。当然よね。お空の上じゃ——得られる資源は限られているんだから。けれど、裏は違う。あそこにはまだ——手つかずで豊富な魔力《マナ》が眠っている。だからこそ、今！　王国にはびこる禍根を清算するためにも——私たちは新天地を目指すのよ！」

この国は人が増えすぎた。

ゆえに表から裏への移住計画——それが『ノヴァ計画』の全貌だ。

「真に大切なものを天秤《てんびん》にかける——大司教さまはそう言っていましたね。それはすなわち、人と国。そして大司教さまは後者を選んだ。今を生きる隣人よりも、女神さまが浮かべたもうたフォルトゥナという国を守るために！」

「ふふふっ！　その通りよ！　魔力《マナ》のない隣人なんて資源を貪《むさぼ》るだけなのだから、捨て去ってしまえばいい」

「暴言を……隣人を犠牲にしてまで得る発展など、女神さまが望むはずもありません！」

彼らは女神さまの信仰を裏切ってなどいなかった。

いや、むしろ、フォルトゥナそのものを神聖視しすぎた結果なのだ。

「展開——地母神円《ちぼしんえん》。さて、仕上げといこうかしら」

「‼」

目の前の地面に琥珀《こはく》色の魔法陣が出現する。

そこからは、遥《はる》か高みにいたはずのアニマが現れた。

「第二の遺宝、聖剣――ようやく見つけたわ。この柄を引き抜けるのは、《大地》の適合者である私だけ……」

まずい。アニマの手に剣が渡ってしまう。

そこへ……

「ふああ。ようやくお出ましか」

「！　賢者さま――お願いです、アニマを止めてください！」

樹上から賢者さまが降りてきて、アニマと数日ぶりの邂逅《かいこう》を果たす。

「お久しぶりね、時の賢者さま。あいにくだけど――ご自慢の時間操作なら、今の私には効かないわ」

「なんですって――？」

「やりなさい。聖騎士たち」

ずらりと方舟に乗っていた聖騎士たちが一斉に呪文を唱え始めた。

それと同時に、灰色の結界がアニマを覆っていく――

「あれはまさか――対時空結界――⁉」

「私たち聖職者は守りに長《た》けた魔法使い。でしょう、サラ？」

聖メフィリム教会の技術を甘く見ていた。

わたし達と王子さまの戦いから、彼らはもう《時》の魔法を解析していたのだ。

「そういうわけだから。この剣はいただいていくわね」

アニマは突き刺さった聖剣のもとへ歩み寄っていく――

「まずいです！　賢者さま、早く止めなくては――！」

「なぜ止める必要がある？　引き抜いてもらわねば手に入るまい」

「そ、そんなぁ⁉」

「あらあら。時の賢者さまはずいぶん悠長なのね」

それっきり賢者さまは手を下すことなく、ただアニマの歩みを傍観していた。

「さあ、目覚めなさい――大地の遺宝！　創聖剣レグナディアリ――‼」

「あ――あぁっ……‼」

「ふふ……あはははっ！　いい気分よ。女神さまの遺宝をこの手に統べるなんて――聖職者として最高の栄誉！」

ついに聖剣が引き抜かれた。

黄金色の魔力《マナ》が、せきを切ったようにあふれ出す。

「こ――これが……わたし達の国を斬った、聖剣の真価――」

「大地の適合者である私なら――この剣へ命令《オーダー》を下すことができる。それが天地反転の序曲《プレリュード》よ――！」

それは想像を超える奇蹟だった。無限に出土した宝石たちが星屑《ほしくず》のようにきらめいて、アニマを玉座に据えた大地の宮殿を創り上げる。

引き抜いただけでこれなのだ。アニマの命令《オーダー》が成立してしまったら……天地反転なんて、容易《たやす》く実現されてしまうだろう。

「ど、どうしましょう……!? 回復――防護――ああ何にしても今からじゃ何も――！」

慌てふためくわたし。だが、賢者さまは納得したように腕を組み……

「よし、抜けたな。やれ。木偶《でく》の者よ」

『はっはっはっ。この姿に変えられたお礼――とくと返させてもらいましょうかねえ』

賢者さまが大樹《ロマノフさん》の幹をトン、と叩《たた》いた。

次の瞬間――群青郷を囲んでいた樹木たちが一斉に爆発的な成長を遂げる。

「――っ、何の真似……!?」

「大地の恵みだ。楽しんでくれたまえ」

アニマの顔が驚愕《きょうがく》に満ちる。

周囲にはびこっていた植物という植物が――揃《そろ》って、天にも昇る勢いで伸びていく！

「う――うわあっ⁉　船が！」

「動けません……お、面舵《おもかじ》いっ⁉」

『フフフ――今の私にとっては、どの枝も手足のようなもの。感謝しますぞ時の賢者どの。この聖域は、誰にも侵させはしませぬ』

爆発的な成長を遂げた木々の枝は、天に浮かんでいた方舟をも絡め取る。

一瞬にして船は身動きひとつ取れなくなり、成長しきった森はついにドーム状となって外部を完全に遮断した。

（これは――時空の激流がもたらす、自然の急成長――！）

対時空結界を張らせていたのが裏目に出た。

聖騎士たちの乗る方舟は、植物による物理干渉には完全なノーガード。

さらにムチのように伸びたツルが、アニマの握っていた聖剣を弾き飛ばして絡め取る！

「なっ――」

結果――なんと、投げ出された聖剣は大樹《ロマノフさん》のうろの内部に呑《の》まれてしまった。

「――回収完了だ」

「ほ、ほええ……」

明らかに咄嗟《とっさ》の呼吸ではなかった。

いつの間に二人でこんな算段を立てていたのか。

そして、気づけば地表には――アニマだけが取り残されていた。

「――一人になってしまいましたね。アニマ」

「…………」

沈黙が流れる。

どうあれ、聖剣が解放されてしまったことに代わりはない――戦いはまだ終わっていなかった。

「……目を覚ましてください。アニマ。そもそも――裏面に魔力《マナ》が眠っている保証だってないでしょう？」

「……あるわ。地脈は表裏どちらにも通じているのだから。それに――空の魔獣を知っているはずよ。アビスから這《は》い出《で》た魔獣たちは例外なく魔力《マナ》のオーラをまとい、その死骸からは巨大な魔石が取れる。あれが答えよ」

ドレイク、グリフォン、それにワイバーン。

彼らが豊潤な魔力《マナ》の塊であることは、確かな事実だった。

「だとしても――カラちゃんに、これ以上の負担をかけないでください。あなた達の《神罰《オルテマ》》で、王国が本当に墜《お》ちてしまったらどうするのです……？」

「ああ……サラはまだ、あの神鳥《とり》が国を浮かせていたと思ってるのね」

「え……？」

想定外の返事に、一瞬固まる。

「賢者さまに教わらなかった？　あの宝珠も神鳥も、浮遊それ自体には影響してなかったってこと」

「そ――そうだったのですか……？」

隣に立つ賢者さまは黙ったまま。それは無言の肯定だった。

『カラドリウスは《天空》を司《つかさど》る生き物だ。ゆえ、本体が無事に育つまで、周囲の環境を自らの生息域として平穏に保つ権能がある。本来、高空には過酷な条件がつきものだからね』

思えばあの時――確かに、カラちゃんが国を浮かせているとは言わなかった。

だとしたら、王子さまの野望は端《はな》から実現不能だったたってことに……。

「……待ってください。だったら、どうしてフォルトゥナは今も空に浮いているのですか？」

「そんなの決まっているじゃない――奇蹟よ！　女神さまの奇蹟によってフォルトゥナは浮かんでいる。だから、どんなに強い負荷を加えたところで、王国は墜ちない！　それが大司教さまの――聖メフィリム教会《ノヴァ派》の結論なの！」

女神さまの奇蹟を何よりの絶対と信ずること。

度を超えたアニマの信仰心は、とても説得程度じゃ揺らぎそうになかった。

「アニマの信念は理解しました。ですが、あなた一人ではどうにもならないはずです」

「ふ……ふふっ。確かに……私一人なら、あなた達の相手は厳しいでしょうね。でも」

「ん……？」

乾いた笑いを漏らすアニマ。諦めかと思ったが、違う。

彼女の魔法陣が輝くとともに――さらなる地響きが足元を揺らす！

――ゴゴゴゴゴゴゴゴゴゴゴゴゴゴ………。

「私は決して諦めない。あなた達を滅してでも、聖剣を手に入れるまで……！」

「っ、なんです――これは……⁉」

聖剣への命令《オーダー》は食い止めた。そのはずだが、アニマの《大地》魔法陣はさらに根を張り巡らせるように地へ広がっていく。

そして――

《グ――ゴオオオオオォォォォォォッッッ！！！》

「――⁉　ん、な――っ⁉」

盛り上がった大地が割れた。

突き上げが下から襲い、飛び跳ねそうになる。

「こっちへ来い」

地割れに巻き込まれそうになるわたしを、賢者さまは強引に摑《つか》んで引き寄せた。

そこには獣が現れていた。獣と言っても、城が生きて動いているような大きさの。

『あれは――まさか《虚《うろ》》の神獣ベルセリオン……⁉ いけません、この地の封印を解いたというのですか――――!』

「ええ。大地に閉ざされて窮屈そうだったから、召喚してあげたの」

ロマノフ神父は言っていた。この地には神獣の亡骸《なきがら》が眠ると。

だとすれば――《天》の神鳥カラドリウスちゃんと同じ、神話時代の超古生物だ。

《――我を目覚めさせたのは貴様か》

「ええ」

驚くべきことに神獣は人語を解した。

彼は、彼からすれば米粒にも等しい大きさのアニマへ語りかける。

「もう一度、この地で暴れることを許可します。二千年の鬱憤を晴らすとよいでしょう」

《感謝する。もっとも――元より好きにさせてもらうつもりだがなアッ!》

(つっ……! こんなの……!)

圧倒的な巨軀《きょく》を前にわたしは初めての恐怖を抱いた。生物としてのスケールが違いすぎる。

　しかし、その折……

《――ん？》

神獣の巨大な眼《め》がぎょろりと動く。その先にいたのは……賢者さまだ。

《貴様……ハルト……ハルト・レーヴァキューンか⁉》

「相変わらずやかましい声だな。少しは口を閉じるといい」

地盤をも揺るがす大音声に、賢者さまは億劫《おっくう》そうに答えていた。

「賢者さま……もしかして、神獣とお知り合いなのですか」

「旧《ふる》い、な」

「よかった……なら、ぜひ彼を説得してください。あれほどの巨体を相手にするのはさすがに――」

神話時代の人間と神話時代の獣。両者の間で話が通じている……奇跡的な希望の光だ。

しかし、それが幻想にすぎぬと知るのも早かった。

《時の愚者……断じて許さぬ。今度こそ、この場で、滅ぼし尽くしてくれるわァッ‼》

怒髪天を衝《つ》く大咆哮《だいほうこう》。森林がほとんどへし折られ吹き飛んだ。

「お――お知り合いじゃなかったんですかぁっ⁉」

「知り合いと言っただけだ。恨みは売るほど買っている」

「自慢になーりーまーせーんー!!」

「ふふふ……どうやらご縁もあったようね。神話の賢者さまが相手なら——神話の化け物をぶつけるのみ。それだけよ」

押し寄せる暴虐の波から必死で逃れるわたし達。

だがまずい。このままでは、森を越えて外の世界までも壊滅させられてしまう!

「ふう……面倒だが、けりをつけてくるとするか」

その時、賢者さまがふわりと浮いた。

「あれは私がやる。きみは小娘の相手をしていろ」

「賢者さ——」

言うが早いか、賢者さまの姿は遥か上空へ飛んで見えなくなった。猛《たけ》るベルセリオンもその後を追う。戦いのフィールドを天に誘導してくれたのだとわかった。

そして、大地に残されたのは……わたし達もう一組の旧友同士だった。

＊

「二人きりになってしまったわね、サラ」

「アニマ……」

上空からは賢者さまと神獣の激しい戦闘音が聞こえていた。

アニマが佇《たたず》むのは、宝石に彩られた宮殿の大庭園。

「あなたは稀代《きたい》の《大地》の使い手だった。だから、利用されてしまっただけです。あなたさえ正気に戻れば、すべては無事に済むはずです――！」

「ふふふ。利用だって構わないわよ。それで聖女になれるなら」

するとアニマは、霊峰で奪い去った錆《さ》びた聖冠を取り出した。

「フォルトゥナ王国の前史はここで終わり。ここであなた達を葬って、新たな歴史を始めるの。そして私こそが――初代の聖女となるのよ！」

「っ……もはや、言っても無駄なようですね……！」

湧き上がる激情の気炎は、背に浮かぶ魔法陣さえ焦がすかのようだった。

「今からあなたの――寝ぼけた頭を覚ましてあげます。同じ窯のパンを食べて育った、かけがえない親友として！」

真正面から啖呵《たんか》を切る。同時に、開戦の火蓋も切られた。

「大地よ波打て――反砂堆の岩漣《アンチデューン・リップル》」

アニマが命令《オーダー》を唱える。

それと同時、地面が波浪のように波打ってこちらへ迫ってきた。

「光よ纏《まと》え――盈月の装衣《ヴァルキュリア》」

そんな、二階建てにも及ぶ大地の大波に対して、わたしは全身を結界でコーティングして耐えた。賢者さまに教わった光の鎧《よろい》だ。

「取っ組み合いの喧嘩《けんか》なんていつぶりかしら。でも、ずっとこれを望んでいた気がするわ」

「ええ。わたしも……存分に気持ちをぶつけてやります！」

《時》の砂時計を取り出す。

これでアニマの動きを遅滞《ディレイ》させ、その隙に一撃を叩き込んでやろう――

「――残念。砂時計の仕掛けはお見通しよ」

「⁉」

わたしの思惑はすぐに阻まれた。砂が落ちない、ない。

内部の砂が――《地》属性魔法の命令《オーダー》によって鉱物化《クォーツ》させられている！

「なら……こちらを使うまでです。力をお借りしますよ、賢者さま――！」

彼から新たに授かった時の魔具――加速の粉《クロノパウダー》。

これにより今から七分間、わたしは超加速の加護を得る――

「ちょこまかと鬱陶しいわ。女神さまの元へ還《かえ》りなさい、サラ！」

周囲のあらゆる地盤が沈み、四方に発生した断層がわたしを挟撃《きょうげき》してくる。

局所的な地殻変動と地盤操作――

「大地よ食《は》め――肥沃と泥濘の牙《シュラム・シュトローム》！」

「――っっ‼」

視界の全てが土色に染まる――しかし。

「舐《な》めないでください――この程度の土、へっちゃらです！」

「！　何のつもり――」

纏っていた《光》のオーラを――鉤爪《かぎづめ》のごとく右手へと結集させる。

そして、その手をクワとして断層のことごとくを耕しては、ぬかるみをパン生地のように練り固めていった。

「修道院にいたあの頃――来る日も来る日も山畑を耕し、せっせとパンを焼いていました！　いつか聖女に選ばれる日を夢見て！　アニマだって、忘れたわけではないでしょうっ⁉」

「当然よ――あの日々は私のすべてだった。だからこそ、忘れられるはずがないのよ……！」

大地の荒波を脱するわたしに対して、アニマはさらに地盤を鳴動させた。

「七年よ。七年が無駄になった。修道院で清貧に暮らして、施しと巡礼を欠かさなかった。そんな日々は結局実らなかった。今でも、天秤に選ばれなかったあの時のことを夢に見る」

アニマは聖女になれなかった。

その後悔は、真の意味じゃわたしには決してわかりえない。

「どうして？　どうして私じゃなかったの？　私のほうが強い。私のほうが努力してた。最終巡礼だってサラより早くこなした。私が聖女になった方が、もっともっとたくさんの人を救ってあげられた！　だっていうのに、どうして天秤はあなたを選んだの？　おかしいじゃない、そんなの――！」

「アニマ――」

「わかってるわよ。こんなのは逆恨みなんだって。でも――初代の聖女になれる、だなんて言われて、なびかないはずないでしょう⁉」

君こそ新天地に必要だ――《ノヴァ派》による誘惑はあまりにも強烈だったのだ。

その気持ちは痛いほどわかる。だからこそ、わたしは問う。

「――ねえ、アニマ。聖女であることは……そんなに大事でしょうか？」

「なん、ですって……？」

刹那――とめどなく押し寄せていた大地の波濤《はとう》が、まっさらに凪《な》ぐ。

「私もあなたもそう信じて、修道院での日々を過ごしてきたんじゃない！　それとも、何？　聖女さまからすれば些細《ささい》なことってわけ？　馬鹿にしないでっ！」

大地の宮殿がさらに形を変え、いくつもの幕壁《カーテンウォール》がわたし達を隔てていく。

「確かにわたしもそう思っていました。でも、あなただってわたしの末路は見たはずです。本当ならわたしは……最果ての地で潰《つい》える運命でした。聖女だからといって、現実が何もかも清らかにいくわけじゃないんです」

どうしてわたしがこんな目に――なんて嘆いた時もあった。

けど、今はそうじゃない。

人の世というやつは神話ほど単純ではなく、わたしがそれを知らなかっただけなのだ。

「このひと月。死にものぐるいの巡礼《たび》で得たものを――あなたにも教えます。真に大切なものが何なのか……アニマならきっと、気づいてくれるはずだから」

＊

《ゴオオオオオオオオオオ――――――――！！！》
戦いの舞台は群青郷を飛び出し、大空へと移行していた。
《二千年前――貴様は我をこの地へ封じた。今度は貴様が果てる番だ、潰えろォッ！》
両翼による爆風。大火球のブレス。
神獣ベルセリオンの破壊的な暴力は、山々を果物のようにえぐり取っていった。
「手癖の悪い獣だ。あのままおねんねしていた方が、平穏を保てたのではないかな」
《ほざけ。《時》よ――貴様、なぜ今さらノコノコ顔を出した？》
「さてね」
《あの娘はなんだ。わざわざ現代人を連れて歩くなど、よもやペットとは言うまい》
「契約上の仲というだけだ。ま、腐れ縁というやつだよ」
――ハルト。――ベルセリオン。
神話の時代を生きた者同士、現代の人間とは境地の異なる対話が続けられていた。
「しかし、どうするね。このままでは大地ごと反転させられてしまうようだよ、現代人たちの魔法によって」

《知ったことか。我は貴様さえ倒せればそれでいい、時の愚者よ――！》

「これだからきみのような筋肉馬鹿は嫌いなのだ。――時よ廻《まわ》せ」

ハルトの詠唱と同時に《時》の鋼で組まれた大車輪が出現する。

神獣の巨軀を囲ったそれは、そのまま急速な回転と轢断《れきだん》をもって肉体を蹂躙《じゅうりん》した。

《この程度で、我を平伏させうると思うな――ンヅゥゥッ!?》

「――時よ、翼に吹け。――時よ、牙を燃やせ。――時よ、首を穿《うが》て」

拘束されたベルセリオンに、慈悲のない攻撃が重ねられていく。

《舐めるな愚者――その座を、我に渡せ！　コオオオォォォォッッッ――!!》

「――時よ、経《た》て」

そして、最後に放たれた白き劫炎のブレスもまた、時空の盾に阻まれ消えた。

「あの時……封印としたのが失敗だった」

《ハル……ト……!!》

「来世で会おう――ベルセリオン。何、私の勘ではきっとそう遠くない」

《時》の槍《やり》が心臓を貫く。

神獣の断末魔は王国の果てまでも轟《とどろ》き渡《わた》り、残った骨までもが砂となって天空に消えた。

＊

「あの時。最果てに追い詰められたわたしは――命を手放して祈っていました」

迫る岩と大地の攻撃を拳によって砕いていく。

一歩、また一歩と、わたしは着実にアニマのもとへ近づいていた。

「でも……それじゃダメなんです。たとえ聖女の品格が失われようとも、手を伸ばすべき相手がいるなら……足掻《あが》かなくちゃいけない」

聖女であることも、祈りを捧《ささ》げることも、すべては手段にすぎないのだから。

「ようやく思い出せたんです。隣人を救いたい――最初はただそれだけだったってこと」

彼女だって、当時の心を忘れたわけじゃないだろう。だって――

「ねえ、アニマ。あなたの落とした《神罰《オルテマ》》は――わたしに見せた時きりですよね」

「だったら、なんだっていうのよ……っ」

「あなたはあの時、わざわざ魔の山へ落としました。三発も。でも、おかしいですよね。すぐ隣には村があったのだからそこに落としたっていい。どうせ今の民なんてふるい落とすつもりなら、いっそ潰してしまえばいいのに」

「うるさい――結果は同じでしょう⁉　それ以上、近づかないで――っ！」

彼女にはできない。わかっていた。

アニマにできるのはあくまでも、聖女という宿願の前で目をつむることだけ。

「現実は簡単じゃないのよ。聖女になることは憧れを超えて、いつしか私の全てになっていた。王国で一番の女神さまの信徒――その栄誉は、近づけば近づくほど輝いて見えた」

彼女の心象を映すかのように、さらに大地の宮殿が荒れ狂っていく。

「コンクラーヴェは名だたる公爵家。私も幼い頃から蝶《ちょう》よ花よと育てられたわ。そのままいけば、貴族の殿方と結婚して、順風満帆な人生を送れるはずだった。でもそんな道筋は捨て去って――私は修道院に入った。立派なことだって信じてた。でも私は、いつの間にか実家から厄介者扱いされるようになってた。奇特で破廉恥な出来損ないだって。現実がこんなにも冷たいなんて、私、知らなかったのよ」

聖女にさえなれたら――誰もがアニマを認めてくれたかもしれない。

清貧に過ごした毎日にも、意義があったと笑えたかもしれない。

「サラの理想がわからないなんて言わないわ。でもね、私にそんな高潔さを求めないで。もう私にとっては……聖女であることが全てになってしまったの」

「よくわかりました。だったら、なおさら――アニマを放ってはおけません」

「どうしてよ――っ……!」

「だって、わたしは――昔のアニマに戻ってほしいから」

話して、拳を交わして、率直に感じた想《おも》いだった。

「わたしは知ってますよ。アニマはわたしなんかよりよっぽど、優しさの折り合いをつけられる子なんだって。一緒に――ヘルハウンドの仔《こ》を見逃した時のように」

「――」

その場の情だけで魔獣を見逃した。

修道院の規律によれば、明らかな違反——聖女への道は遠ざかる行為だったはずなのに。

幼いわたし達は、これでいいんだって笑い合ってた。

「清らかな理想よりも——目の前にいる隣人が大切なんだって。気づいていたはずなんです。だから……共に還りましょう、あの頃に！」

「——っっ⁉」

乱立された巌《いわお》の障壁。そんな全部を飲み込んで——


「光よ築け——十六夜の螺旋城《セレネ・クレア》！」

光の堅城がアニマの宮殿を上書きした。

決して後退を許されないその内部で、互いに全力の魔法をぶつけ合う。

「最後、わたしが天秤に選ばれた理由。もしそんなものがあるなら……きっと、願ってしまったからだと思います」

「願って——何を……？」

「ええ。二人で天秤に乗った時、ほんの少し思ってしまったんです。アニマが聖女になればいい——って」

「あ……」

最終巡礼を終えて、一年ぶりに再会したわたし達は、言葉も交わさず天秤の皿へ乗った。

その時、わたしは気づいていたのだ。アニマの懸ける思いの強さに。

そしてわたしの心境は偶然にも、最も初歩的な女神さまの教えに沿っていた。

「隣人を……想え……」

「ええ。皮肉なものですよね。人ひとりの手のひらに、より大勢の人を乗せる——聖女なんて、元から傲慢な存在のはずなのに。自分ばかりじゃダメなんですから」

アニマはずっと心優しい。

でも、最後の一瞬だけ、隣人《わたし》のことを忘れてしまったのだろう。

「わたしはただ……思い出してほしいだけです。アニマ、昔のあなたを」

地道に撃ち続けたわたしの拳は、何十枚と隔てていた巌の壁を打ち砕き、ついに……

「だから——こんなのもう、要りません」

「——————」

おしとやかパンチがアニマへと届く。

その一撃は……彼女の懐に秘められた、錆びきった聖冠を粉砕していた。

——パキイイッッ………………。

聖女の証《あかし》？　女神さまへの冒瀆《ぼうとく》？

それがどうした。アニマの運命を違えてしまうくらいなら、なくたっていい。

「はい。これで——正当な聖女なんてものはなくなりました。わたし達はただ、色んな人の助けになりたいだけのお人好《ひとよ》しです」

「サラ——あぁ……私……」

アニマは全身の力が抜け、その場にくずおれる。

「忘れてた……いつも隣にいた、あなたのこと。でも私……取り返しのつかないこと……」

「いいえ。大丈夫です。悔い改めれば……人はいつだって生まれ変われます。もう一度反転することだって——あなたにはできるんですから」

わたしに並ぶくらい純粋でお人好しなのがアニマだから。

ただ……ちょっとボタンをかけ違えてしまっただけ。

そこでようやくわたしは、先ほどから降っていた雪の正体に気づいた。


「——済んだか」


「賢者さま……！」

ローブをはためかせて降り立つ賢者さま。

どうやら神獣を討伐し、その結果がこの粉雪らしい。

「神獣……ベルセリオンを——一人で……はは。規格外……すぎるわね……」

「フン。どうやらきみもこいつのバカにあてられたようだな」

「くすっ……ええ」

「他に言い方あるでしょう」

アニマも同意しないでほしかった。

「私は……間違っていたわ。本当に、自分にしか出来ないことなら……〝しない〟決断をすべきだったのね」

「ええ──それくらいに、アニマの魔法は無二の素晴らしいものなんですから」

もし、その力を今後の復興にも使えたのなら……新しいフォルトゥナをここから始めることだってできるはず。

アニマは立ち上がって、大樹のもとへと歩いていった。

「──神父さん。聞こえる？　一度、私に聖剣を貸してもらえないかしら」

『……アニマ様に？　ですが……』

神父さんの声色がやや渋った。

「大丈夫です、ロマノフさん。今のアニマなら」

『……わかりました。サラ様がそう仰《おっしゃ》るのなら』

大樹ロマノフさんのうろが開くと、中にあった聖剣をツルが運んでいった。

聖剣を受け取ったアニマは、大事そうに目の前に捧げ持って、命令《オーダー》を唱えた。

「大地よ癒やせ――大地讃頌《テラ・メーテル》」

戦闘によって傷ついた群青郷の自然がみるみるよみがえっていく。

聖剣から発せられる膨大な魔力が、アニマという柱を通じて大地に染み渡っていた。

「これは……」

「森の外にも――大地の祝福を行き渡らせているわ。《神罰《オルテマ》》によって枯れてしまった土壌も、浄化されるように」

地を耕《たがや》し、緑を取り戻す、素敵な《大地》の白魔法。

それは……本来のアニマの領分だった。

「聖剣は今の王国を形作ったもの。既に生じてしまった傾きも、私ならきっと元に戻せる。ううん、戻さなきゃいけない。それが――適合者としての自分にできる、唯一の償いだから」

「アニマ……」

徐々に地面の傾きが直っていくのを感じる。

今のアニマが聖剣を握っている限り、王国のかたちは変えられない。

ノヴァ計画は、十五年の時を経てついに破綻したのだ。

「これで……終わったんですね。ついにやりましたよ、賢者さま！」

「引っつくな。あの剣を私に渡すまで、きみとの契約は終わっていない」

また悪用されるくらいなら、賢者さまに預けておくのが一番安心というものだ。わたし達は歓喜に満ちる。

だが、その折――

『――おお、愚かな！』

「⁉」

群青郷の森に重苦しい声が響いた。

アニマの頭上に渦巻く激しい白銀のうねり――《神罰《オルテマ》》！

「アニマ、退いて――ッ！」

『墜ちよ――不義なる《大地》の聖女よ。貴様は新天地にふさわしくない。女神に代わって鉄槌《てっつい》を下す！』

堕ちる衝撃。咄嗟に展開させた結界の屋根によってなんとか防ぐ――が……

「ぐっ……！　なんの、これしき……っ……！」

城をも押し潰そうという絶大な重圧――抑えきれない！

「やめてサラ、それじゃあなたまで――っ……！」

「嫌です——アニマまで、失う、わけには……！」

魔力の出力を限界まで振り切った瞬間、ふっと力が抜けた。

《神罰《オルテマ》》のうねりも、アニマの動きも、灰色に染められ止まっていた。

「あ……ありがとうございます。賢者さま」

「油断するな。あくまで極度に時流を停滞させたにすぎない——原因を断たない限り、結末に変わりはない」

これでアニマも聖剣も身動きが取れなくなってしまった。

わたしは怒りのまま、この所業をしでかした人物へ叫んだ。

「バシリウス大司教——！　一体どういうおつもりですか⁉」

『裏切り者には鉄槌を。当然の裁きであろう？』

既に聖騎士が報告へ向かっていたのか、彼はこの地で起きた出来事を把握していた。

今も姿が見えないまま、森林一帯にその声を響かせている。

『確かに聖剣への命令《オーダー》は叶《かな》わなかったが——まあいい。引き抜けただけでも十分だ。後は、私手ずからやらせてもらう。これよりノヴァ計画は、最終段階へと移行する！』

大司教さまの号令が国土に響き渡る。

同時に、王国の各地から魔導船が一斉に飛び立ち、中心へ向けて結集していった。

「な——一体どこにあれだけの方舟が潜んでいたのです……⁉」

「脱出を遂行する気のようだね」

そして、方舟たちの出動と機を合わせるようにして……

『《至天の大神罰《ゼノ・エルゴ・オルテマ》》――!!』

――ズドオオオオオォォォォン…………………!!!

――ドゴオオオオオォォォォン…………………!!!

――ズドオオオオオォォォォン…………………!!!

フォルトゥナ王国の東半面に――無数の衝撃が降り落ちる！

『――聞け、選ばれし《ノヴァ派》の民よ！　これより新たなるフォルトゥナの創成を執行する！　救済の方舟よ、ただちに聖域へと集うがいい！』

大地の傾きが激しくなる。王国のすべてが坂となっていた。

このままでは外縁部の人間から放り出されていってしまう――

「――時よ滞れ」

そんなぎりぎりのところで、やはり賢者さまが遅滞《ディレイ》をかけた。

しかしその旗色は悪い。

「もって一時間だ。国全域を食い止めておくのは、さすがの私にも負担が大きい」

「っ……それまでに、原因を止めなくてはなりませんね……!?」

だが、アニマをこのままにしていいものか――

そう逡巡《しゅんじゅん》していると、神父さんから激励が飛んだ。

『行ってください――サラ様、賢者さま！　大司教は恐らく、アビスにいるはずです。どうか彼を、変わってしまった運命を正してください……！』

「ロマノフ神父……わかりました！」

聖剣が抜かれた今のバランスを、極大の《神罰《オルテマ》》によって大司教さまは崩すつもりだ。

フォルトゥナ全体がひっくり返ってしまうまで、あと幾ばくもない。

「賢者さま――お願いします」

「やれやれ。ま……これも乗りかかった舟か」

時の魔法陣が浮かぶ。二次元状では最大レベルの大きさだった。

「大司教さまにも、悔い改めてもらわねばなりません。アビスへ――決戦の地へ向かいましょう！」

第十一章　深淵《しんえん》のエルドピュイア

――さみしいさみしい時の賢者。
――チクタクチクタク鐘が鳴る。

やがて長い時が経《た》った。
封印される前の生よりも、長く永い時だった。
その果てに奇蹟《きせき》は起きた。一縷《いちる》の光芒《こうぼう》が彼に差し込んだ。
ふと、女神の残した言葉がよぎった。
運命は彼を翻弄する。

――＊＊＊＊の記録

空が朱《あか》く染まっていた。

王国東側の全天を――無数の魔法陣が覆っている。

終焉《しゅうえん》の荒野を駆け抜けて、わたし達《たち》はついにその禁域へと到達する。


「――ようこそ。始まりの地へ」


王国の中心には奈落があった。

火山の噴火口を何十倍にも押し広げたような、底なしの深淵――アビス。

平時の結界はすべて解除され、空の魔獣たちがするすると地上へ這《は》い上《あ》がってきている。

彼は、その淵《ふち》で堂々と立っていた。

「さて。戴冠式以来となるか――《月光》の聖女」

「ええ。その節はお世話になりました――大司教バシリウス卿《きょう》」

彼はあの日と同じく、司教冠《ミトラ》を乗せて紫色のストールをはためかせていた。

そして……

「《天》の魔法陣……！　完成させていたんですね」

「フフ。この十五年、古代魔法の研究を怠った日はなかった。全ては理想の実現のために」

日輪のごとく彼の背に浮かぶ白銀色の魔法陣。

その紋様は、幾度となく拝んできた《神罰《オルテマ》》のうねりにそっくりだった。

「アビスの誕生は事故だった」

大司教さまは奈落を見つめ、ぽつりと漏らす。

「事故——ですって……？」

「そうだ。近年の調査でようやく判《わか》った。旧都エルドピュイアは……特異核に行き着いてしまったのだ」

「特異核——」

聞かない言葉だ。大司教さまは賢者さまへ視線をやった。

「貴殿ならばきっと、理解できるであろう——《時》の賢者どの？」

「……ああ」

「どういうことですか、賢者さま……？」

「奴《やつ》の言う通り。間近で見てわかったよ——これは事故の跡地だ。私は、これと同様のケースを知っている」

驚きだった。賢者さまが知っている、というのは恐らく、神話時代の……。

「魔法をある一定の領域以上へ引き上げるためには——特異核と呼ばれるエーテル体を生む必要がある。だが、その過程で生成される莫大《ばくだい》なエネルギーは、周囲の空間ごと巻き込んで消滅してしまうんだ」

「っ……⁉」

「古代人もその事故を免れられなかった。人類が魔法の発展を追い求める限り、必ず一度は打ちのめされる壁《フィルター》なんだ。そして、これは――空の民が二千年の時を超えて、古代文明の水準《スケール》に追いついた証左でもある。嘆かわしくもね」

「いかにも。つまり我々は、限界に達していたのだよ」

神話の世界は魔法で滅んだ。

そして旧都エルドピュイアもまた、その一端に触れてしまったのだと。

「これは悲劇か？　いや違う。アビスの誕生は悲劇ではなく、福音なのだ！　我々が全てを捨て去り、新天地でやり直すための――！」

「大司教さま。あなたは本来、よき聖職者であったはずです。どうか考え直してください」

「ふん。今さら理解されようなどとは思っていない――終末の時は来たれり！」

「っ――」

《アビス》から噴き上がるすべての魔力《マナ》が大司教さまの魔法陣へと集約されていく。

高々と掲げられた魔法杖《ロッド》の先端が閃光《せんこう》を放った――すると。

「さようなら。すべての愛《いと》しき、先フォルトゥナの民よ」

「あっ――――――」

――ぐわん。

視界が一八〇度ひっくり返った。体が浮き、目に映るすべてのものが反転した。

終わった——そう確信した次の出来事だった。

「——時よ還れ」

「!?」

さらに一八〇度——つまりは元通りに——視界が巻き戻される。

今のは、一体……!?

「ほう……これは……驚いた。回帰《リセット》か」

「正確には時空遡行《じくうそこう》だ。人の思考までは戻らない」

今、実際に無数の《神罰《オルテマ》》が下り、反転は執行された。

が——現実がその数秒前まで逆行していた。

「なるほど——さすがは《時》の賢者。常識外れの秩序《オーダー》の書き換えだ。しかし、これほどの規模の大魔法……そう何度も行使することは叶《かな》うまい？　ましてや国全土をこの状態に留《とど》めておくとなると、そもそも数秒程度が限界だったと見える」

「骨が折れるのは確かだね」

賢者さまの《時》魔法陣は、かつてないほど長針を回転させていた。

「それに——大元の因果までは変えられまい！　千八発の《神罰《オルテマ》》はすでに落下を開始している
ぞ！」

「っ……空が……！」

王国の東半面を埋め尽くす、台風のごとき白銀のうねり。

その一つ一つから、衝撃波の鉄槌《てっつい》がすでに顔を覗《のぞ》かせていた。

あれらは本来、とっくに堕《お》ちているはずのもの。

それを賢者さまが《時》の停止で無理やり食い止めているだけ——もし再び時間が動き出してしまえば、総落下だ。

「いくら賢者とはいえ、いつまでも止めたままではいられまい。どうするおつもりかな？」

「なに。簡単な話だ」

賢者さまは悠然とローブをはためかせて言った。

「きみを始末し、根から断つ。ついでにこの面倒な旅にもけりをつけることとしよう」

「ふふ……ふははは！　いいだろう。神話に記されし時の魔法、とくと見せてみよ！」


「「魔法陣、展開——」」


それは全くの同時だった。

賢者さまが魔法陣《りょういき》を広げるのと同様に——バシリウス卿もまた、己の陣を展開していく！

「時界流転陣《アリエヴナ》・始まりの庭《アルヒガルテン》」

「熾天聖霜円《セラフィナ》・秩序の神殿《オルドサクラ》」

次の瞬間。わたしは双《ふた》つの魔法陣の中にいた。

〝時間〟と〝天災〟――せめぎ合う領域と領域が、絵の具を浸したようなマーブル模様となって空間を侵している。

「魔法陣の三次元展開――どうしてバシリウス卿まで……⁉」

「ククク。言っただろう。研究を怠ることはなかったと」

彼は《天》の魔法陣を完全に現代へよみがえらせていた。

さらに《アビス》から湧き上がる魔力《マナ》が、彼の底力を無尽蔵にブーストさせていく。

（こっちは賢者さまの領域《エリア》――あっちは大司教の領域《エリア》――ど、どっちにいれば……⁉）

賢者さまの時間操作も、相手の領域内にまでは影響を及ぼせない。

さらに――

「天よ怒れ――神智一体《アーク・アイアラ》に堕つ慈愛《カンド》‼」

瞬間、空が赫灼《かくしゃく》ときらめいた。

――ガシャアアアアアアアアアアアアアアンッッッ！！！！！

「っっ——なんという——ッ——！」

雷撃《サンダーボルト》——太陽光線《ソーラーレイ》——彗星落下《メテオフォール》——その領域にはあらゆる天災が降り注ぐ。

さらには数十隻の方舟《はこぶね》たちが、魔導キャノンの一斉掃射を放ってきた。

「はははは！　新たなるフォルトゥナの創成に屈せよ！」

「こんなの——近隣の街に、どれだけの被害が出ると思っているんですか——⁉」

「地表などもはや用済みだ！　殲滅《せんめつ》でも墜落でも結果は変わるまい！」

天災と砲弾の雨は賢者さまの領域に触れた瞬間、勢いが完全に静止する。その漏れた数発分をわたしが結界でカバーする。

背後に立つ賢者さまが言った。

「確かここは旧都だったな——なら、このあたりか。時よ辿《たど》れ」

「⁉」

賢者さまの隣に時空のホールが出現した。彼は右手をその中へ突っ込むと、内部から純白の三叉槍《トライデント》を取り出す。

「丁度いい得物が眠っているようだ。裂き、穿《つらぬ》け」

「む——ッ⁉」

トライデントがひとりでに虚空を走り——大司教さまの《天》領域に風穴を空ける！

さらに——

「これも遺物か。奔《はし》り、断《た》て」

「あっ――あれらは……！」

旧都エルドピュイアの遺産――純白のトライデント。そしてテオドーラの魔剣。

どちらも、アビスの出現によって消失していた聖遺物だ。

「滅びる前のこの地と今をホールによって繋《つな》げ――かつてあったものを創成する。ま、無機物限定だがな」

「ッ、ぐ――なるほど……！　さすがは神話の賢者と言ったところか……ッ――！」

それから賢者さまは次々と神剣を、魔槍を取り出しては見舞っていく。

そのどれもが《時》の加護を受けた神速――大司教さまの魔法でも相殺しきれない！

しかし――

「屈してなるものか――我を守れ、方舟たちよ！」

「な――っ⁉」

信じられないことが起こった。

飛行していた数隻の方舟が――大司教の身代わりとなって攻撃を受ける。

「ふはは――急に手を緩めてどうした⁉　身を盾にする信徒を持って、我は大いに幸福だとも！」

「ぐ……あっ、あなたという人は……！」

「ふ。敵ながら天晴《あっぱれ》の外道ぶりだね」

彼は《天》を操作することで――方舟をどんな無茶な軌道にもコントロールしていた。

（つまり方舟に乗った全員が、彼の盾にされてしまう——こんなのは人質です……！）

立ちはだかる聖騎士であっても——絶対に犠牲者は出したくない。

でも、このままじゃ……

「よく粘るものだ——《時》の賢者よ！　いっそ、時流を緩めてしまったほうが全力で戦えように。今からでも我らと共に来ないか？」

「御免だ。それに、この女の流儀に反するのは契約違反なのでね」

わたしの課した条件が枷《かせ》となっていた。

賢者さまは今も王国の時流を止め、無数の《神罰《オルテマ》》から人々を守ってくれている。

守るならわたしが——と言いたい所だが、わたしじゃとても彼の代わりにはなれない。

なら……

「……賢者さま。お願いがあります」

「なんだ」

「フォルトゥナの民を守ってください。代わりに——わたしが彼をやっつけます」

聖女の誇りは王国の隣人を救うこと。

けれど今のわたしでは、すべての民を抱えきれない。

だったらここは、役目を逆にするしかないだろう。

「いいだろう。やってみろ。人は生まれ変われるんだったな」

「ええ。必ずや悔い改めてもらいます」

了承を受けると、わたしには音さえ置き去りにする時流加速《クロックアップ》がかかった。

「時よ飛べ——光陰矢の如し《テンプス・フギト》」

矢のごとく《時》領域を飛び出すわたし。

魔導砲の間隙《かんげき》を縫って、大司教さまのもとへ滑り込んだ。

「しぶとい聖女だ。ツァイトブローム——昔、我に楯突《たてつ》いたシスターもそのような目をしていたな」

「！　姉さんを覚えているのですか——！」

「ああ。姉妹同士、揃《そろ》って潰されるのがお似合いだ——《神罰《オルテマ》》ァ!!」

「よくも——ッ!!」

許しがたい侮辱とともに衝撃が堕ちる。

耐えても耐えても終わりがない。王国の傾きは、さらに激しくなってゆく——！

「ぐ——あうっ、くっ、なんと、しても——くぅぅぅっ………!!」

「果てよ。人は天災に抗《あらが》えない——それは聖女、たとえ貴様であっても同じ——！」

両の手で重圧を受け止めきる——その時。

わたしの左手から、かすかな輝きが照り返した。

（姉さんの、指輪——）

その《光》は不思議とわたしに力を与え、重圧をどんどん押し返していった。

「なぜだ――なぜ耐えられる！　聖女であろうと、人間ごときが《天》の裁きに抗えるはずがないッ！」

「なぜでしょうね――でも――自分じゃ不思議と納得しています――！」

わたしは硬い。昔から。とてつもなく。でも今、その理由がようやくわかった。

指輪に刻まれていた小さな魔法陣――それがずっと、お守りになっていたのだ。

「祈りを魔力に換える法――王都に張られていた術式ですよ。ゆえにわたしの祈りも誓いも、すべては守りの糧となる」

「――――」

決して誰も見捨てない。それがわたしの、聖女としての生き方だから――

「光よ守れ――光よ守れ――光よ、守れ――ッ!!」

全方位に展開させる結界、結界、結界――

やがて隙間なく埋め尽くされた結界たちはそれぞれが連結していき、ついにはわたしを中心とした巨大な球体と化した。

「なんだ、それは――ッ――満月――!?」

さらに予想だにしない現象が起こった。

――ゴゴゴゴゴゴゴゴゴゴゴ…………!!

「な、なぜだ――⁉　なぜ傾きが戻っていく――⁉」

「こ、これはわたしにとっても予想外ですが――」

東側へ傾いていたはずの陸地がなぜか、わたしへ引っ張られるように水平へ戻っていく。

「面白い」

遥《はる》か後方で賢者さまが唸《うな》るのが聞こえた。

「古代、海には潮の満ち干きという概念があった。月の接近による引力が、海面を動かす現象だ。満月と化した今のきみは、さながら満潮のように天の孤島を引き上げているのだろう――その超次元の引力によって」

見れば、アビス周辺の残骸までもわたしに吸い寄せられていた。

「わたしの《光》は守ること、癒やすことしかできません。でも、だから！　あなたに巣くってしまった病める心も！　わたしの光で浄化してさしあげます！」

結界を敷き詰めた球体《つき》はやがて大司教さまを丸ごと呑《の》み込《こ》む。

さらに《時》の加護が未来のわたしの魔力《マナ》までを引き出し、過去最大の三日月の祝福《クレセント・シャワー》が右手に集束していく。

「さあ、懺悔《ざんげ》のお時間です。悔い改めていただきますよ――バシリウス大司教――ッ‼」

「ぐ――ぬぁぁぁぁぁぁぁぁあっっっっ‼⁇」

そんな、決して逃げられない状況下で――渾身《こんしん》の正拳を叩《たた》き込《こ》む！

「が──はぁっ……⁉　なぜだ──我の、計画が──聖女──ごとき、に……ッ………

ぐふぅうっ………‼」

ロッドを手放し、倒れていく大司教……。

彼の《天》魔法陣が輝きを失すとともに、展開されていた三次元領域もまた閉じていった。

決着は……ついたのだ。

「よかった──これで──」

安堵《あんど》し、賢者さまの領域へ帰っていくわたし。

しかし当のバシリウス卿は、なぜか安らかそうに暗雲を見上げて……

「叶わなかった……か………」

「あっ──！」

まずい。彼は、何もかも諦めて身を擲《なげう》つつもりだ！

「さらばだ……諸君。至れなかった哀れな聖職者に、最後の祈りを──」

「やめてください──そんなのダメです、大司教さま──っ‼」

ふらり。紫色の司祭服が、背後の奈落《アビス》へと倒れていく。

そんな彼の末路を、わたしは見守ることしかできずに……。

「──及第点だ。詰めが甘いのは、今後の課題とでもしておこう」

落ちゆく大司教さまの体が……絵画のように静止した。

「身投げなどさせんよ。人の子は、悔い改めることができるのだろう？」

「――――」

完全に止まりきった時の流れ。

その場には、針の動かない時計塔が出現していた。

「この国は魔法に閉ざされている。きみ達はもうすぐ、この言葉の意味を知る」

時計塔が鐘を鳴らす――千分の一秒にも満たない刹那に、詠唱が紡がれていった。

「黄昏《たそがれ》の刻、憂いなるファウストゥス、天空にありて廻儀《まわりふるま》い錐穿《きりうが》つ。愛《め》でよ。愛でよ。今宵《こよい》は喰《く》らい、そして呑《の》もう。我々は明日死ぬのだから」

混沌《こんとん》の雲を切り裂いて、陽の光が時計塔を照《かげ》らした。

さながら日時計のごとく落としたその長針が、漆黒の爪へと変じていき――大司教ただ一人を、撫でる。

「時よ摘め――空虚徒花を物語る爪《ミス・クロニクル・ホロロギオン》」

「う……あああああああぁぁぁぁぁぁぁぁっっっっっ！！！！！」

《時》の爪が頭部に触れた。ただそれだけで、彼は断末魔の絶叫を轟《とどろ》かせた。

「あれは──な、何が起きているのですか……⁉」

「今、やつには二千年の〝無〟を味わわせている。悔い改めてもらおうじゃないか──《時》の牢獄《ろうごく》の中で」

まさに神話の体現だった。

建国から今に至るまでの歴史と同じだけの時を、大司教さまは旅している。

「ああ──我には──朽ちて滅ぶことさえ、許されぬというのか……女神、よ……………………ぁ……………ウッ」

そうして、最後は精神が耐えかねたのか──バタリと、地表へ倒れ伏した。

鳴《な》り止《や》まなかった地震と、王国の傾きが……落ち着いていく。

「元が善き人間だというのなら──少しは冷静になったのではないか？」

「え、ええ……やりすぎなくらいに」

それは──あまりにも長く、険しい禊《みそぎ》の時だった。

「ですが、きっと……罪をお認めになられるはずです。初心に立ち返ってもらえたなら」

ノヴァ計画は終わりを告げた。

それでも、フォルトゥナの問題はまだ山積みのままだ。この地に生きるわたし達は──誰も切り捨てることなく、向き合っていかなくちゃならない。

たとえ限りある天空でも。ここは──争いのない、女神さまの救い給《たま》うた国なのだから。

第十二章　ヴァルプルギス祭・Ⅱ

あれから数日が経《た》った。

結局、わたしは聖女の座を降りることになった。

元が濡《ぬ》れ衣《ぎぬ》だったとはいえ、長らく聖女の職務をすっぽかして、さらには聖冠さえこの手で砕いてしまったのは事実だからだ。

だけど、シスターとして再出発を切るのも悪くないだろう。

たとえ聖女の座がなくたって——わたしは多くの隣人を救えるとわかったのだから。

もう《神罰《オルテマ》》が起こらないことはすぐ国中に伝わった。

何より幸運だったのは、あの「最終段階」における犠牲者が出なかったことだ。何発か防げなかった《神罰《オルテマ》》はいずれも人里でない地域に落ちたらしい。

これはもしかしたら幸運というより、彼の手際なのかもしれないけど。

当のバシリウス卿《きょう》にはまずロマノフ神父を解呪してもらった。大司教の処遇については、極刑に処せとの声も多かったが、禁錮二百年の刑にしてもらった。恐らく最期の時まで女神さまに反省の祈りを捧《ささ》げることになるだろう。

そうして、騒動の余波もまだ落ち着かない今日だが……

王都は再び、祝祭の日を迎える。

＊

ヴァルプルギス祭は毎年、建国記念日である四月三十日に行われるもの。

しかし今年の祝祭は、例の事件の影響もあってお祭りどころではなくなってしまった（一瞬で夜も明けてしまったし）。

よって五月三十日──つまりは次の満月の夜に、王都は改めて祝祭を上げるのだった。

「ん～～おいひい！　やっぱりお祭りはいいね～」

「サラ……ちょっと食べすぎじゃない？　もうずっとふらついてるし……」

「だ、大丈夫大丈夫！　今日は羽目を外してもいい日なんだから！」

夜の王都は露店の賑《にぎ》わうお祭りと化す。

わたしはノキアの前でキジの串焼きをペロリと平らげると、ヒメレモンのジュースをぐっと流し込んだ。

「どう見ても聖女さまには見えないな、今の姿……」

「う……で、でももう聖女じゃないし。今日くらいは女神さまも見逃してくれるんじゃないかなって……」

たとえ、まだ災厄の爪痕残る街並みでも……

わいわい賑わっている人々を見ると、戦って良かったと思えるのだ。

「夢みたいだな。こうして、また……お祭りを見られる日が来るなんて」

「わたしも……この街が守れてよかったよ。こんなに綺麗《きれい》な景色が見られたんだから」

わたし達《たち》が眺めた夜空には、オレンジ色のランタンがいくつも浮かんでいた。

天空の女神さまへ送る最後の儀式だ。

(姉さん……やったよ、わたし。ずいぶん力は借りちゃったけど)

息を呑《の》むほどに美しい。これが、わたし達の守った光景……。


「――ご健勝でいらっしゃいますね、お二人とも」

「！　リーシャさん。ご無沙汰しています」

ふらりと現れたのは賢者さまのお屋敷《やしき》にいたメイドさん――リーシャさんだった。

「そういえばだけどサラ……賢者さまはどうしたの？」

「こういうのに参加する人じゃないからなあ……」

あれから賢者さまとは一度も顔を合わせていない。

やはりと言うべきか、祭りの賑わいにも彼の姿はなかった。

「そちらに関して、ご主人さまから伝言を仰せつかっております。サラ様」

「伝言……わたしにですか？」

「はい。――最果てで待つ、と」

それが賢者さまからの伝言だった。

最果て――と聞いて、わたし達の間で思い浮かぶのはあそこしかない。

「なんでも大事なお話があるそうです。私も詳細は伺えておりませんが」

「……わかりました。わたしも丁度、彼に話があったので」

「大事な話……ふーん……」

「ノキア……？」

ノキアはどう言葉を解釈したのか、薄ら笑いを浮かべてこちらを見てくる。

「賢者さまとサラって案外……お似合い？」

「へ、変なこと言わないでよ急に！」

「くすくす……唐突でもありませんよ。私もご主人さまに長く仕えておりますが、彼が他者にこれほど心を砕いていたのは初めて見ました」

「そ――そうなんです……？」

リーシャさん直々にそう言われてしまうと否定のしようもない。

でもだからって、わたしと賢者さまが――なんて――ねえ……？

「だって、賢者さまはわざわざ大ピンチのサラを助けてくれたんでしょ？　それってホントにたまたまだったのかなあ……？」

「それは……まあ……」

よくよく考えてみると――いくらわたしが絶体絶命だったとはいえ、彼はあそこで出張ってくるような性格でもない。

宝珠や聖剣だって彼なら自力で手にすることもできただろう。

現世で貴重な時間を割いてまで、わざわざわたしに付き合ってくれた理由は……

「――いやいや!!」

「急に頭を振り始めた」

「ないです。ありません。彼に限ってそんなこと……!」

「何やらお心当たりがあるようですね」

「年の差かっぷる」

ノキアからもリーシャさんからも意味ありげな視線をぶつけられる。

こ、こんなガールズトークは嫌だ。

「! もう待ち合わせの時間だ。と、とりあえず行ってきます!」

「頑張ってね～」

頑張る必要はない――たぶん!

わたしは逃げるように、王都アラドバルを後にした。

＊

わたしは砂時計を使って王都から駆けた。

夜風を切って走るうちに、お祭り気分は自然と冷めてしまった。

ノキアたちと別れてから十数分——わたしはその地へ到着する。

「遅い。四・二一秒の遅刻だ」

「ご、ごめんなさい……けどそれくらい許してくれても……」

わたし達が初めて出会った王国の最果て。

森林を抜けた先の断崖で、賢者さまはローブをなびかせて佇《たたず》んでいた。

「祝祭——楽しかったですよ？　賢者さまもせっかくなら来ればよかったですのに」

「くだらん」

「もう。それにしても賢者さま、なぜここに……？」

「ここが一番近い」

切り立った岩の上に腰かけ、彼は悠然と夜空を見上げていた。

近いというのは夜空のこと……だろうか？

「今宵《こよい》は月が綺麗だ」

「そうですね。満月ですし……」

それからしばし無言が流れる。彼の横顔を見つめる。

夜風の揺らすローブのはためきだけが、寂寞《じゃくまく》たる宵にさざめいていた。

この空気はどことなくロマンチックな——いやいや……この人に限ってそんなことはないと再確認してきたはず。

だけどこうして二人でいると、ついこれまでの旅路を思い出してしまった。

「きみと初めて出会ったのはここだったな。思えば遠くまで来た気もするが」

「……ですね。わたしも、あなたと出会ったのが随分と昔のようです」

同じことを考えていたのか、自然と話が合う。

王国中を巡ったこの旅も……残すはお別れだけとなっていた。

「そういえば……私はきみにひとつ嘘《うそ》をついた。あの日、私はたまたまきみを見つけたと言ったが、あれは真実ではない」

「……嘘、ですか？」

「そう。私は——きみを、ずっと、探していた」

真摯な。曇りのない瞳でこちらを見つめる、賢者さま。

「——なんて言ったら、どうする？」

「も——もう！　からかわないでください……らしくない冗談ですよっ」

全くこの人は。なんだか照れくさくなってそっぽを向く。

「王都ではどうなることかと思いました。ガスパール王子さまにしろ、アニマにしろ。まさかあんなことになるなんて」

「ここまで振り回されるとは思っていなかったがね」

同じ過去に思いを馳《は》せる。こうして穏やかな時間が過ごせるのも彼のおかげだ。

だけど、今。

わたし達を繋《つな》ぎ止《と》めていた契約も……ようやく終わりを迎える。

「忘れないうちにお渡ししておきますね――はい」

「ああ。これは私にとって必要なものだ」

わたしは聖剣レグナディアアリを彼に手渡した。

賢者さまが呼んだ用事とはこのことだった。教会によって奉納された女神さま第二の遺宝を、わたしがこっそりここまで運んできた。

「大事にしてくださいね。精巧なフェイクとすり替えてきてしまったので」

「文句を垂れずに遂行できただけ褒めてやる。少しは成長したようだな」

「……世の中、清らかなことばかりじゃ回らないと学びましたから」

宝珠メルスフィア。聖剣レグナディアアリ。女神さまの遺宝は二つとも彼の手に渡った。

結局、彼が三大遺宝を集める真意については最後まで聞けずじまいだった。

けれど何にせよ、わたしと賢者さまの間にあった契約はこれにて完了。

一抹の寂しさを覚えながらも、精一杯明るく振る舞う。

「じゃ――いよいよお別れですかね！　またいつか……わたしの生きている間に、一度くらいは降りてきてくださいよ」

悠久を生きる彼にとって、この半月なんてほんの刹那の時間に過ぎなかっただろう。

それでもわたしにとっては、決して忘れられない思い出となった。

また逢《あ》う日までと手を振って、最果てに別れを告げる――

「待て」

「……？　なんでしょう……？」

と――その寸前に、呼び止められた。

「何を先走っている。契約はまだ終わっていないぞ」

「へ……？　いやいや、お渡ししたのは確かに本物の聖剣ですよ」

「ああ。だが、こちらじゃない」

「なら……もしや最後のひとつ、神弓《しんきゅう》？」

「それはもう手にしている」

以前にも聞いた。ならどういうことだ。

月光が陰影をくっきりと彩る。なんだろう。賢者さまのお顔つきが、険しくなっているような。空気が変わっているような。

先ほどまでの穏やかさが……嘘のように消えていた。

「最初の契約だよ、聖女。私はまだ――宝珠メルスフィアを受け取っていない」

「な……何を仰《おっしゃ》っているんですか？　確かに宝珠メルスフィアは最初の契約の条件でした。ですが実はその正体はカラドリウスちゃんの卵で、だから《時》の負荷をかけて孵化《ふか》させて……ぜんぶ賢者さまがやったことじゃないですか！」

彼の求めている返事がわからず、わたしはしどろもどろになる。

「本当にそうか？　少しは疑問に思わなかったか？　きみの知る神話に照らしてみて、どこか妙だとは感じなかったか？」

「それは――そういえば……」

宝珠の正体は卵だった――あの瞬間は飲み込めたけれど、どこか拭えない違和感が残っていたのは事実。

その正体を言葉にするなら……

「カラドリウスちゃんは……フォルトゥナを浮かせる核《コア》ではなかった、んですよね」

「ああ。神鳥はあくまで天空の生存環境を司《つかさど》る生き物――それ自体に浮力はない」

「でも、宝珠メルスフィアは王国を天空に浮かべた遺宝と、わたし達は習ってきた……」

「そうだ。事実、どの神話にもそう記されていたはずだ。なら、神話の記述が嘘だったのだろうか？　それも不自然だ。なぜなら神話である以上、その内容は二千年前ないしそれに近い時期に成立したもののはずだからだ。虚実織り交ぜられているにせよ、真実に掠《かす》っていないとおかしい。かと言ってあやふやな奇蹟《きせき》なぞで国ひとつが簡単に浮くはずもない。ここから導かれる結論はひとつ――本物の宝珠メルスフィアは、他にある」

「――――」

いきなり何を言っているのか。

理解の追いつかないわたしに、彼はたたみかけた。

「手短に言おうか、聖女。神弓は世から失われてなどいないし、女神は姿を変えて生き残っていて、地上もまだ滅んではいない」

「……え――は、はい……？」

唐突に重ねられる情報の乱打に頭がついていかない。この人は今、何と何と何と言った？

「そして」

だが、その非常識すらも、続くひと言の前座にすぎなかった。

「きみの名前は、サラ・ツァイトブロームではない」

「――――」

賢者さまは両眼でじっくりとわたしを見つめる。

いや違う。これはどこを見ているのか。まるで、心の奥底まで見透かされているような。

そして。

「上弦の結界――ルナ・アーク」

「っ――へっ……!?」

月光の魔法が発動する。わたしじゃない――賢者さまの手によって！

「きみの魔法は何度も見させてもらった――こうだな」

彼の手元に描かれし《月光》の魔法陣。

それはわたしのものよりも数段大きく、きらびやかで――

「三日月の祝福――クレセント・シャワー。十六夜《いざよい》の螺旋城《らせんじょう》――セレネ・クレア。朧《おぼろ》の霞《かすみ》――レゾナント。盈月《えいげつ》の装衣――ヴァルキュリア」

「っ、これは――わたしの、魔法……！　どうして……⁉」

次々と唱えられる賢者さまの命令《オーダー》。

それに応じて、わたしの内から強制的に魔法が発動させられていく。

今までに見せてきた《月光》の魔法式が完全に理解されている――すべて！

「《月光》の聖女。きみは《光》の白魔法をアレンジし、その陣模様を月の満ち欠けに見立てた。だが、真に重要なのは光の強さではない。その形だ」

「かた、ち……？」

夜空に浮かぶ月までも、彼の詠唱に応じて変形していた。

《時》の干渉が――天体の運行さえ操っている。

「そうだ。きみの満ち欠けにはひとつ足りない。最も基本的な、あるべき形が」

影絵のように切り替わりゆく月の満ち欠けが、半分のところでぴたりと止まった。

「半月――」

「下弦の月――満月の七日後に見られる月相《げっそう》の一種。そしてこれを、古代の言葉ではこう呼ぶ」

彼は、じっくりとわたしを見つめて、言い放った。

「弓張り月と」

「――」

刹那――わたしの内から何かが弾《はじ》けた。

わたしの魔法陣《みちかけ》に欠けていた光の形が目覚めていく！

「な――ん、ですか……っ――これ、は――わたしが、わたしじゃなくって……っ――！」

「最後だ。解放の呪文を教えよう、聖女」

鼓動が高鳴る。唇が震える。

賢者さまは、揺るぎない眼差《まなざ》しで――わたしの本当の名を告げた。

「目覚めろ。神弓ギルガル＝バエナ」

終章　世界のかたち

「――見つけた――」

《時》の賢者はついに最後の遺宝を手にした。

永き封印からの解放は、さまよいの果てに開花する。

――真理礼賛の書より

脈動が爆《は》ぜる。わたしを包む光はやがて下弦の弧を描いて——輝く弓となった。

「ど……どうして……っ……な、何なんですか——これは……⁉」

「きみ本来の姿だ。根源の力が引き出されたまで」

光臨する蒼白《そうはく》の弓。そのしなやかな曲線をわたしは知っていた。

だってその形は……数えきれないほど見てきた女神像のそれと、全く同じものだったのだから。

つまり、これは——

「女神さまの——《境界》の、遺宝……！」

「然り。神弓《しんきゅう》は失われてなどいない。きみそのものが、弓なんだ」

賢者さまは真剣な面持ちでそう告げる。

「この国の女神像は——右手に聖剣を、左手に神弓を持っている。だがこの姿は奇妙だ。矢がなければ弓は使えない。背中に矢筒を負っているわけでもないのに、どうやって矢を射るという？」

不可解な装い。

それはあくまでも、像としてデフォルメされているせいだと思っていたが……

「これに対する解はひとつだ。女神像は——最初から矢を持っている。すなわち、それだ」

「——」

わたしの前に一振りの剣が突き刺される。

創聖剣レグナディアリ――かつて大地を斬ったというその遺宝が、今では全く違った形に見えていた。

「矢……」

「きみが旅路の果てに手に入れた矢だ。しかしこれも、きみに比べればチンケなものさ。きみだけが、ずっと見つからなかった」

微笑《ほほえ》む賢者さま。そのお顔は見たことがないほど、優しげで。

「あなたは……最初から、こうなるとわかっていたのですか」

「ああ。言っただろう？　わたしは弓《きみ》と出会うために降りたのだと」

彼にはずっと見えていたんだ。

わたしがいたからこそ、彼は残る遺宝を集めるという契約に応じた。

「ゆえにこれより――最初の契約、その対価を支払ってもらう。……私にはできなかった。この二千年、どんな手を尽くしても、魔法を打ち破れなかった。だから……きみに頼む。その強靱《きょうじん》な弦《こころ》でなければ、理《ことわり》を打ち崩せない」

「賢者……さま……？」

彼の滲《にじ》ませる苦悩――それは、無念だった。

無双を誇った賢者さまには到底似つかわしくない後悔の念が、あふれ出している。

「放て！　この世界は――きみの命令《オーダー》を待っている」

「――」

そうして――彼はわたしに剣《や》を手渡した。

正直、まだまだ全然聞き足りない。弓なんて握ったこともない。

だけど――あの賢者さまが願っている。自分にはできないから、わたしに頼むのだと。

だったら……

「……いいでしょう。きっとそれで、わたしも納得するんですよね？」

「ああ。事が済めば、きみもすべてを理解する」

弓を射るくらいやってやろう。

それで、もし――何かが変わってしまうとしても。

「この大地から――夜空へ向けて弓を射ろ。どこでもいい。その一撃をもって、我々の契約を終わりとする」

瞬く星々。仄《ほの》めく下弦の月。

手の届きそうな夜の帳《とばり》を、賢者さまは顎で示した。

「ふふ……賢者さまがわたしにお願いするなんて、昼間の星よりもレアですからね」

「やかましい。さっさとやれ」

こなれたやり取り。それだけでわたしは、不思議と力が湧いてきた。

「いきますよ――はぁぁぁぁ…………!!」

矢をつがえ、弦を引く。初めての経験だというのに躊躇《ちゅうちょ》は一切なかった。

弓と矢はかくあるものと、体に染み込んでいるように。

そして――

「光よ放て――月夜堕天に穿つ弓《ギルガル＝バエナ》――！！」

渾身《こんしん》の聖剣《や》を夜空へ放った。

一筋の光芒《こうぼう》は神々しく瞬き、吸い込まれるように伸びていく。

そう、どこまでもどこまでも、天を駆けるペガサスのように伸びて……。

「――え」

矢が着弾した。

次いで、夜空にヒビが走った。

何がどうしたのか、わたしにはさっぱりわからぬうちに――それは起こった。

――パアアアアアアアアァァァァァァァァァァン！！！！！！

「んっ、な――――ッッ――――」

夜空が、破裂した。そうとしか表現できない。

やがて夜空は破けた点を中心にめくれあがってゆき、その向こう側に広がっていた青空が露《あら》わになる。

そして——

——ひゅううううううううううう…………………!!!!

「う——うわあぁぁあぁっ⁉⁉」

落下していた。わたしが、ではない——この王国全土が！

荒野も王都もアビスも群青郷《ぐんじょうきょう》も何もかも！

「重畳《ちょうじょう》だ。初めてにしては悪くない筋だったぞ、聖女」

「ひ、ひ——ひえええぇぇ!! せ、せっかく墜落を阻止したのにぃ————!!」

こうして会話している間も落ちに落ちている。

このまま落下を続ければ、わたし達《たち》は当然……

「あああぁもう終わりです死にますどうか助けてくださいい王さま女神さま賢者さまぁっ！」

「問題ない。何のためにカラドリウスを孵《かえ》したと思っている——奴《やつ》がいる限り生存環境は揺るがない」

目も開けていられないほどの突風を耐え忍ぶ。そのまま三分……いや五分は経《た》っただろうか。永遠とも思える長い時間の末に、その衝撃は走った。

——ドオオオオオオオオオォォォォン………………!!!!

天空王国フォルトゥナは墜落した。

なぜか肉体は驚くほど無事で、鐘を突いたような深い鳴動がいつまでも響く。

だが、そんな轟音《ごうおん》のなか、どこか遠くで――カチリと。ピースの嵌《は》まる音も聞こえた。

「は――はえぇ……ほえぇ……目、目が回りますぅ……？」

あまりにも突然の出来事に体も頭もついてこれない。

わたしはなんとか体勢を立て直し――改めて王国の外を見た。

ここは王国の最東端。ゆえに広がる景色もまた、いつだって穏やかな雲海だった。

「――あ………」

しかし、今。

そこには――限りない大草原と、彼方《かなた》に望む地平線が広がっていた。

「ここ……は……」

「アディアポラ大平原――二千年前から変わっていなければな」

平然と。晴れ渡る蒼穹《そうきゅう》の下で、果てしなく広がる大地を眺める賢者さま。

地上……ここは、地上なのか？　煉獄《れんごく》は？　フォルトゥナは――女神さまの浮かせた王国は、本当に墜《お》ちてしまったのか？

「――この王国は、魔泡《まほう》に閉ざされていた」

わたしの疑問を見透かしたような賢者さまの言葉。

いつか耳にしたそれも、今は違った意味に聞こえた。

わたしの矢が貫いたもの。一撃で割ってしまったもの。

そして、王国を浮かべていた、宝珠メルスフィアの本当の姿。

それは……

「泡……」

フォルトゥナ王国を包み込み、天空へと浮かべていた——泡沫《ほうまつ》そのものだった。

「女神さまは……戦乱の世を忌み……王国を、お空へ浮かべた……」

「そうだ。奴は国全土を包む魔泡によって、この地を地上から隔離した」

すなわちそれが、世界のかたち。

神話の時代より二千年続き、今、わたしがその手で撃ち崩したもの。

「だが——魔泡は本来、何かを浮かせるためのものではない。封じ込めるためのものだ」

「封じ込める……って……何を？」

「私を」

佇《たたず》んだまま——自らの手のひらを見つめる賢者さま。そこでわたしはようやく気づいた。

先ほどからずっと……灰色の粒子が宙を舞っている。

破裂した魔泡から流出していたそれは——大量の魔力《マナ》だ。そのすべてが宿主へ還《かえ》るかのように、賢者さまへと吸い寄せられていた。

「ようやく力を取り戻せた。本調子とはいかないが……な」

そして理解する。あの王国と魔泡の中に満ちていたものを。

この国をずっと浮かせていたのは果たして――誰のおかげだったのか。

「この二千年。何度となく空への攻撃は続けていた。あらゆる魔導書も読み尽くした。だが、彼奴《きゃつ》の生み出した外殻は揺るがなかった。強固に創られた世界のかたちを崩せるのは、この《境界》を超えられる神弓をおいて他になかった」

「わたし……だけが……？」

「魔法とは――秩序《オーダー》を書き換える命令《オーダー》だ。きみの一撃は見事にその本懐を果たし、真実の宝珠メルスフィアを破った」

遠い目をする賢者さま。きっと何度となく試したのだろう。

そこで彼が目をつけたのが――同じく女神さまの生んだ〝神弓〟だった。

「とはいえ――元のきみでは、とても実用に堪えなかった。よってこの旅を通じて練磨することに決めた。きみが硬いのは祈りの力でも誓いの堅さでもない。ただ、女神の遺宝はいかなる時でも決して傷つけられないからだ」

「あ……」

遺宝を語る上で欠かせぬ大原則。あれは、他ならぬわたしのことだったのか。

「これにて契約は履行された。ではな」

そのまま彼は断崖を降りて大平原へ飛び出そうと……

「ちょ――ちょ――ちょぉっと待った！」

「なんだ、うるさいな」

急いでローブを摑《つか》んで止める。

この人ときたら、常に説明不足すぎて困る。

「王国を落としておいてさらばではすみません！　お願いですから詳しいご説明を」

「落としたのはきみだが」

「そうですけど！」

現状こそ把握できたが、経緯は未《いま》だに置いてけぼりだ。

「そもそも——わたしが弓とはなんなのです？　聖剣は？　なんとか平原っていうのも初耳ですし、これからどうしていけばいいのかもわかりませんし……！」

舌がこんがらがるほどまくし立てる。

汲《く》めど尽きぬ疑問に対し、賢者さまは呆《あき》れた素振りで語った。

「——神話の続きだよ、聖女」

「神話の……続き……？」

「ああ。女神メフィリムは古代の戦乱を忌み、魔泡によって王国を空へと浮かべた——だが、その後は？」

その後。つまりは古代戦争はいかなる末路を迎えたのかということ。

「それは……戦争が続いたわけですから、滅んでしまったんじゃ……？」

「違うな」

王国民ならば誰もが漠然と考えていた結末を彼は否定する。

いつか王子さまが語っていた理想を、ふと思い出した。

「女神は王国を空へ浮かべたのち、残る総《すべ》ての勢力も分断した」

「！　他の国も浮かべたと……？」

いいや、と賢者さまは頭《かぶり》を振る。

「古代戦争で覇を競った五つの国――それらは今、五つの層に分かたれている」

そう言って彼は――今はもう雲しか見えない、天空を指差した。

「第一層――天に坐《ましま》す聖者の王国・封魔泡沫フォルトゥナ」

「第二層――月花乱れ咲く古戦場・繚乱《りょうらん》領域リュケイオン」

「第三層――妖精唄う常闇の樹海・深淵《しんえん》神林ソルイユ」

「第四層――氷河と機械の失楽園・機巧希郷コキュートス」

「第五層――姿なき無形の小宇宙・幻影銀河ヌン・ガガプ」

分断。そして、配置。女神さまの御業《みわざ》はあらゆる勢力を棲《す》み分《わ》けさせ、その形は層構造を織りなしたという。つまり……

「女神気取りの女狐《めぎつね》が創り出したのは――新世界の順列《オーダー》だ」

＊

古代戦争を終結させて生んだ新たなる秩序。わたし達の王国は、その頂《いただき》であったのだと。

「なら、ここは……」

「第二層。そして王国フォルトゥナが根付いていた土地。かつて魔導戦争の繰り広げられた……悠久の古戦場だ」

それは神話の舞台だ。二千年前、争いが絶えなかったという……。

「そして、私の知る歴史もここまでだ。長らく第一層《フォルトゥナ》に足留めされていたのでな。さらなる神話の続きは、さらなる深層に眠っている」

わたしの放った神弓の一撃は、そんな世界の構造を崩してしまった。元ある姿へ——第一層と第二層の統合という形で。

「あの女は世界を五つの部品《パーツ》に分け、何かを創り出そうとしている」

途方もないスケールの話だった。

わたし達の総《すべ》てだったあの王国も、そして今立っている広大な大地も、すべては女神さまの設計図の元にあると。

「この世界の再統一がなされた時——私はきっと……」

「賢者さま……？」

「……いや、いい。あるべき姿へ返すというだけだ」

束《つか》の間《ま》に浮かんだ彼の憂いは、多少付き合いの深まったわたしでさえ見通せない。

「きみのおかげでようやく幕が上がった。感謝する」

今、ここに契約は果たされた。

ゆえにこれ以上の問答は無用と、賢者さまは去ろうとする……。

「……お待ちください。最初の疑問がまだ残っています。わたしにこんな力が宿っていると……なぜ賢者さまは気づかれたのですか？」

「……ふう」

賢者さまはまるで一目惚《ひとめぼ》れのごとくわたしを見初《みそ》め、使った。

文句があるわけではない。ただ、何を考えていたのか知りたかった。

「その答えなら……きみが出てきたほうが早い。とっくに気づいているんだろう――メフィ、イリム」

「え――？」

賢者さまが呼びかけたのはわたしではない。青空――人の影など見えぬ虚空だ。

『ふふふ。まさか魔泡を割ってしまうなんて――困ったものね、ハルト』

光の粒子が虚像を紡いでいく。やがて女性の声がどこからか聞こえた。

現れた存在を前に、わたしは放心してその名を呟《つぶや》く。

「めがみ、さま――？」

長い亜麻服《キトン》。鷲《わし》羽のブローチ。胸元で開く首輪《トルク》に、月桂樹《げっけいじゅ》を編んだ冠。聖剣と神弓こそないけれど、毎日拝んできた女神像と同じ格好だ。

もちろん本物の女神さまと出会ったことなんてなく、出会える日が来るとも思っていなかった。ああ、それだけなら聖女として願ってもない幸福なこと。

――けれど。


『ええ。女神よ。それともあなたには、こう呼んだほうがいいかしらね――サラ』


その声だけは懐かしい響きを伴っていた。

どうして、今まで気づかなかったのだろう。女神像と同じその貌《かんばせ》。わたしに似ていると言われた顔。それは……

「姉……さん……」

かつてわたしを庇《かば》って死んだ――シリカ姉さんその人だった。

「見ての通り――きみが姉と慕っていた人物は、この国の民が女神と仰いでいたメフィリム・セータフェレスの転生体だ」

「転――生……？」

「そうだ。魔泡メルスフィアにはある欠陥があった。閉ざされた内部は、たとえ生み出した張本人であっても覗《のぞ》けないという点だ」

なぜならその形状は泡だから。

割らずに内部へ介入することは不可能だったという。

「ゆえに問題が生じた。浮かべる際にこぼれ落ちてしまった《境界》の神弓を、なんとかしてフォルトゥナ内部へ移送せねばならなくなった。そこでこいつはご自慢の道具を持って——泡の内部に生まれ落ちる手段を編み出した。その術を、転生という」

姉さんも。わたしも。それぞれが異なる本質の転生体だった。

反論する気も起きなかった。他ならぬ彼女の存在感が、その神性を告げている。

「もっとも——それにしても疑問が残る。武器である神弓を庇って術者が死ぬなど、本末転倒にも程があると思わないかね？」

『妹可愛《かわい》さについ体が動いてしまった……じゃダメかしら？』

「ほざけ。きみはそんなタマではなかろう」

『ふふふ。あなたも変わらないわね、その態度』

そして賢者さまと女神《ねえ》さま《さん》は、慣れた様子で会話を続けていた。

二千年ぶりとは思えない気軽さで……

『でもまさか、あなたが妹とねんごろになるなんて思わなかったけど』

「捨てられた道具を道具らしく使わせてもらっただけだ。きみも反論したまえ、聖女」

「む……無理ですよぅっ……頭が、混乱して……」

今まで崇拝してきた女神さま。そんな女神さまの導きをわたしに教えてくれた姉さん。

その二人が同じだなんて、意味がわからなすぎる。

もし女神さまに会えたら——もし姉さんにもう一度会えたら——語りたいことはいくらでもあったはずなのに、挨拶のひとつも浮かばない。

『魔泡が割れてしまったのは残念だけれど……二千年も長持ちしたものね。あなたも少しは自由にしていいわよ、ハルト』

「なるほど。寛大な心遣いに感謝の意を表し、自由とやらの権利を行使させてもらおう——」

大仰に肩をすくめ、慇懃《いんぎん》に頭《こうべ》を垂れる。

すると賢者さまはそのまま——特大の魔法陣を展開させた。

「貴様、この場で死ね」

無限に等しい《時》の刃が集中する。

しかし斬撃がダメージを与えることはなく、女神さまの幻像は無数の魔力《マナ》へと散逸《さんいつ》した。

『あらあら、怖いわね。でも残念——本当の私はもっと下にいるの。いつか会いに来てくれるかしら？』

「……驕慢《きょうまん》な。変わらんな、その態度」

切り刻まれた女神さまの幻影は、どんどん希薄になっていって……。

「待ってください、姉さん——！　まだまだ聞きたいことは沢山あるの！　えっと、まだ、整理はできてないんだけど……！」

不思議なことに、やっぱりわたしは彼女を姉さんと呼んでいた。

ずっと拝んできた女神メフィリムさまではなく。

『サラ……？　大丈夫。あなたは神弓であると同時に、立派な聖女だったもの。女神直々の思《おぼ》し召《め》しよ。これからも平和に過ごしていけるわ』

「そうじゃなくて！　わたしは──わたしが聞きたいのは……姉さんと、また……一緒に暮らせるかなってことで……」

『……………』

心からの訴えだった。それを聞いた姉さんは、初めて目を丸くしていた。

「ふ。きみは知らないかもしれないが、きみの妹というやつは相当の阿呆《あほう》だぞ」

『そのようね。女神さまを第一に信じるようにって、教えたのにな』

なんでダブルでそんなこと言われなきゃならないのか。

いいやそれよりも、今は彼女をこの場に繋《つな》ぎ止《と》めるのが先決で……！

『あなたはサラよ。サラ・ツァイトブロームとして生きなさい。もう私のことは忘れて』

「嫌です！　わたしがサラだと言うのなら、なおさら……姉さんの傍《そば》にいなくちゃいけないんですっ！　だから──」

『──さようなら。可愛い自慢の聖女さん』

吠《ほ》えて。叫んで。消えゆく声に手を伸ばす。

しかしその成果は虚《むな》しく……

「あ……」

ただ、草原を吹き抜ける風が手のひらを撫《な》でるだけだった。

「……それでいい」

「うぅっ……賢者、さまぁ……っ！」

今のわたしは悲しいのか。嬉《うれ》しいのか。それすらわからない。

ただ、今の彼の声音がどこか優しげなことだけは気づいていた。

「あの女の考えは私にも読めんが、まっとうな生物ではない。きみを庇ったのも恐らく気まぐれだ――深く追えば傷つくだけだろう」

賢者さまは、きっとわたしの知らない姉さんのことを沢山知っているのだ。

その上で、わたしとシリカ・ツァイトブロームは一度死別した存在だ。

今が最もよいかたちであると彼は言う。

「確かに王国は地上に堕ちたが――今も戦乱が起こっているわけではない。従来のように食糧も自給できるだろう。そして何より……ここなら、魔力《マナ》はいくらでも余っている。魔泡に閉じ込められたままでは先細っていくだけ――教会とやらの言い分も間違ってはいなかったよ。これからは、足りないのなら〝外〟に出ればいい」

賢者さまにつられ、わたしも悠遠な地平線を仰ぐ。

この層にもまた、別の国や文明が広がっているのだろう。

「ゆえにきみも、今までどおり……サラ・ツァイトブロームとして生きればいい。ポンコツで、馬鹿正直で、おつむの足りない聖女として」

──姉さんも言っていたように。

──そして、わたしが賢者さまに願ったように。

平和な生活へ戻れるのだと……彼は展望を語ってくれた。

「……ではな。短い旅だったが──悪くはなかった」

賢者さまは身を翻して、今度こそこの王国を去る。

……でも。

「……待って、ください」

わたしは最後とばかりに、彼のローブの裾をつまんだ。

「わたしは……わたしは、サラ・ツァイトブロームとして生きます。これからも。ずっと」

「……好きにすればいい」

「ですがっ！」

それでもと、わたしは賢者さまに宣言する。

「同時にわたしは──サラ・ツァイトブロームとして、姉さんを追います」

この世界のかたちに楔《くさび》を打ち込んだ。

それは神弓たるわたしの責任であり、なら最後まで見届けなくてはならないこと。

「これより先は神話の世界だ。待ち受ける魔法は《神罰《オルテマ》》どころではないぞ」

「構いません。だって……昔、姉さんが言ってたんです。魔法に縛られず生きろって」

なら、魔泡だって飛び越して、再び姉さんと相まみえるまで──わたしは彼についていく。

「それに……頭にきているんですよ。今日までずっと、大事な妹のわたしを心配させた、バカな姉さんに」

「……きみにバカ呼ばわりされるようではアレも形なしだな」

その時初めて、賢者さまは微《かす》かに笑った。

「真の最果てへゆく」

隣でなびくは純白のローブ。

目の前には、王国をいくつ敷き詰めても足りないほどの、悠久の大地。

今度こそわたし達は揃《そろ》って――〝外〟への第一歩を踏み出した。

「どこまでもついていきますよ。ツキの聖女ですからね！」

「……私も運の尽きというものだ」

その先できっと、わたし達は……

神話の最果てを見る。

- fin -

あとがき

はじめまして、冬茜《ふゆあかね》トムと申します。

この度は『最果ての聖女のクロニクル』を手に取っていただき誠にありがとうございます。

普段はゲームシナリオを書いて生活しております。物語を紡ぐ——という点では小説に似ていますが、視覚情報のあるメディアとそうでないメディアとでは、構成に大きく差が出ると思っています。

ライトノベルは挿し絵こそあれ、基本は文字で表現されるもの。

今回はせっかくなので、普段できないような要素を盛り込もうと考えました。その典型がハルトの《時》の魔法です。息をするように風化や劣化の術を用いる彼は、ゲームシナリオの観点から見るとんでもない奴です。なぜなら、彼がいちいち魔法を使うたびに、敵キャラや舞台背景を変化させなくてはならないからです。とても大変。

それでも、今回は紙の上で展開されるお話。タガを外して好きにやってもらったところ、よりダイナミックなストーリーに仕上がった気がします。

最後に。この形にまとまるまで丁寧にお付き合いいただいた編集の庄司《しょうじ》さま、神々しいイラストを寄せてくださったがわこ先生、ほか出版に際して関わってくださった全ての皆さまに、心よりの感謝を申し上げます。
今後についてはなんとも言えませんが、またどこかでお会いできれば本望です！

冬茜トム

講談社ラノベ文庫

最果《さいは》ての聖女《せいじょ》のクロニクル

冬茜《ふゆあかね》トム

2024年9月30日第1刷発行

発行者	安永尚人
発行所	株式会社　講談社 〒112-8001 東京都文京区音羽2-12-21
電話	出版　(03)5395-3715 販売　(03)5395-3608 業務　(03)5395-3603
デザイン	たにごめかぶと(ムシカゴグラフィクス)
本文データ制作	講談社デジタル製作
印刷所	株式会社ＫＰＳプロダクツ
製本所	株式会社フォーネット社

KODANSHA

ISBN978-4-06-536356-0　N.D.C.913　311p　15cm
定価はカバーに表示してあります

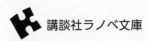